ポルタ文庫

真《ま》夜《よ》中《なか》あやかし猫《ねこ》茶《さ》房《ぼう》

椎名蓮月

新紀元社

MAYONAKA
AYAKASHI NEKOSABO

CONTENTS

一　お兄さんと猫

陽はうららかだったが、空気はまだ冬の寒さをわずかに残していた。

村瀬孝志《むらせたかし》は、駅の階段をおりてあたりを見まわした。

空が広い。そして建物が高くない。今まで住んでいた街とはまるで違う。

四月だが、もう桜は散りかけで、葉桜になっていた。このあたりは寒いと聞いていたが、関東と同じくらいの時季に桜が咲くようだった。

新幹線に乗っておりて、私鉄に乗り換えて、この町までやってきた。住所しか知らないまま来てしまった。電話番号がわからないので、先方には連絡していない。手にした紙片には、行き先の住所と、図書館で調べたときに書き込んだ簡易な地図がある。

孝志は、先方が自分を追い返さないと思っていた。というより、疑いもしなかった。それは、父が母には内緒で、ことあるごとに孝志に言っていたからかもしれない。

――おまえにはお兄さんがいる。何かあったら頼りなさい、と。

その「何か」があったので、孝志は学校もやめるつもりで、家も引き払い、家財をほとんど処分し荷物は最小限まで減らして、この、見も知らぬ町までやってきたのだ。

会ったこともない兄と暮らすために。

つい先週、初めて会う男女のふたり連れが家にやってきて、告げた。

(あなたのご両親は、亡くなりました)

突然の報せに、どれほど戸惑っただろう。悲しみももちろんあった。ただ、訪ねてきた者たちにまったく心当たりがなかったので、戸惑いのほうが強かったのだ。しかし疑う余地はなかった。死亡診断書が二通、渡された。

孝志が中学に上がり、夏休みが過ぎると、両親は仕事が忙しくなったとよく家を空けるようになった。一週間ほどいないことはざらで、朝、目をさますと、夜のうちに帰宅したであろうふたりが朝食を作ってくれていることもあった。

ほかの家から見たら、おかしな家庭だっただろう。しかし孝志にとってはそんな両親が「ふつう」で「あたりまえ」だった。よその家は違う。だが、よそだって、みんな均一に同じではない。

そう考えられていたのは、父も母も異口同音に孝志に言い聞かせたからだろう。これから自分たちはいつ死ぬかわからない仕事が多くなるから、ひとりでも生きていけるように、自立できるようになるんだ、と。

中学に上がったばかりの思春期の子どもにそんなことを言ってもわかるはずもない。だが、最初のうちこそ孝志は、両親がいつ死ぬかもしれないと真顔で言うのを怖ろしく思ったが、次第に慣れた。もともと孝志の感情の起伏がゆるやかだったせいもあるだろう。それに、理詰めで考える性格なのもあった。先に生まれたほうが先に死ぬのだ、と言われれば、そうか、と納得してしまった。だから親は子どもより先に死ぬ。それを前もってきちんと言葉で伝えてくれた両親には感謝しかない。おかげで孝志は悲しくても淋しくても、誰でもそういう思いをするのだ、と考えられるようになっていた。

駅前はロータリーになっていて、タクシー乗り場とバス停があった。タクシー乗り場の前を過ぎてバス停へ向かう。屋根がついてベンチの置かれた停留所は二か所あって、手前は降車用らしかった。さらに先の停留所に時刻表があったが、この時間帯はバスがないようだった。

それでも孝志は不安に思わなかった。バスがなければ歩けばいい。タクシーを使う気はなかった。これから先どうなるかわからないからお金を節約したかったのもあるが、それよりもひとりでタクシーに乗ったことがなかったからだ。

駅舎の前に戻ると、交差点に向かって歩き出す。そんな孝志の頭上で、轟音がした。何ごとかと空を見上げると、ものすごい速さで飛行機が飛んでいくのが見えた。驚いた。どう見ても旅客機ではない。

飛行機は、孝志が今しも向かっているほうへあっという間に消え去った。それが、まるで自分を導いてくれているように感じられ、孝志は胸を躍らせた。

住所から察してはいたが、今まで孝志が住んでいた街よりもかなり鄙《ひな》びていた。田舎、と言っていい。

交差点からしばらくは建物があった。交差点の角には郵便局があり、まっすぐのびた道路の先の両脇にはアパートやコンビニエンスストア、薬局や病院もある。

だが、病院を過ぎて小川の橋を渡ると、景色はますます鄙びた。道沿いにある建物が田畑に取って代わる。田舎だ。孝志は感心した。広い空が心地いい。たまに風が吹くが、やや冷たくても、陽がさんさんと照っているので寒くはなかった。デイパックを背負っているおかげもあるだろう。歩いているうちに、体がぽかぽかしてきた。

やがて次の交差点が見えてきたが、その先が視界に入り、孝志はぎょっとした。まっすぐな坂道なのだ。しかもかなりの急勾配に見える。まさかあそこをのぼるのだろうか。

しかし、交差点で立ち止まって、すぐに気づいた。角にある建物。

そこが、目的地だった。

建物の周囲は木製の塀で囲われている。門柱は石で、そこには「みかげ庵」と縦書きされた看板がぶら下がっていた。看板は取り外しができるようで、強い風が吹くと少し揺れて動いた。

新幹線に乗ったのは午後になってすぐだったが、夕方までにはまだ間がある。喫茶店を営んでいるとは知っていたが、どうにもひとの気配を感じない。第一、門構えからはごくふつうの民家のようにも思える。

定休日なのだろうか。しかし門扉はあいているし、掛け替えのできそうな看板がかかっているからには営業中なのだろう。孝志はそう判断して、門をくぐった。

門から玄関までのあいだは飛び石が置かれている。前庭が広い。きちんと手入れされていて、ひとが住んでいるのはわかった。

玄関は、硝子戸《ガラス》だ。建物の庭に面したところも硝子戸で、開閉できるようだった。そちらの硝子戸の前には丸テーブルと椅子が置かれている。それが二セット。確かに店舗のようだった。

出入り口の硝子戸の脇に、レジカウンターが見える。硝子戸には「休憩中」の札がぶら下がっていた。

しかし、だからといって誰もいないわけではないだろう。孝志はそう考え、勇気を出して硝子戸をあけた。

「すみません、あの、……」

　奥に向かって呼びかける。しかし店内は薄暗く、ひとの気配もなければ、灯りもついていなかった。

　孝志が扉の隙間で躊躇していると、足もとにモフッとしたものがふれる。驚いたが、視線を下げると白猫が足に頭を擦りつけていた。その動作がとても可愛い。

「ねこさん」

　呼びかけると、白猫は、怪訝そうに顔を上げた。うにゃん、と鳴く。よく見ても、本当に真っ白だ。目は水色。野良だったら薄汚れていそうだが、白い毛並みはつやつやときれいで、よごれひとつない。首輪はないし種類もわからないが、よほど可愛がられて、丁寧に手入れをされている猫のようだった。

「誰もいないの？」

　尋ねると、白猫はちょこんと座った。その目の瞳孔が、ふわっ、と大きくなる。そうなるとさらに可愛らしさが増す。まるで置物だ。

「君、可愛いなあ」

　思わず賞賛すると、瞳孔がキュッと細くなった。

　にゃあ、と鳴くと、白猫は孝志の横をすり抜けて、とととととっ、と外に出ていく。

思わず孝志はそのあとを追った。

白猫は庭に出ると、ひとつのテーブルの前で腰を落とし、椅子を見上げた。孝志も白猫を追ってそのテーブルに近づいた。すると白猫は、椅子のひとつにぴょいっと跳びのると、孝志に椅子を勧めるかのように、にゃあ、と鳴いた。

「ありがとう」

孝志はそう言うと、デイパックをおろして白猫の向かい側に座った。

建物の陰になっているので、陽射しがまぶしすぎるということはない。だが、足もとにはあたたかい陽光が当たって心地いい。

昨夜は緊張もあってなかなか寝つけなかったのに、きょうは早く起きなければならなかった。家を引き払うに当たって世話をしてくれたひとたちに挨拶をしたり、そのほかのいろいろな処理を代理してくれるひとと今後について相談したりしたので、すっかり疲れていたのだろう。座ると睡魔が忍び寄ってきた。新幹線では乗り過ごしたらどうしようと心配で寝られなかったし、乗り換えた私鉄は終点で降りればいいとわかっていてもずっと起きていたから、眠くなるのは仕方がなかった。

デイパックを抱きしめるようにして、孝志は目を閉じる。この中には貴重品が詰まっている。孝志の身分を証明するものや、全財産や、両親の形見など。ほかの大きな荷物はほとんど預けてきた。説明しやすくなるかと考え、父の写真は持ってきている。さすがに母と一緒に写っているものはやめた。

今から会おうとしている兄は、同じ父の子だが、違う母から生まれているのだから。


「おい」

男の声で目がさめる。

ハッとした孝志が顔を上げると、目の前には、どことなく困り顔の男がいた。

あたりは夕暮れになっていた。陽は沈みかけているようだが、まだ完全に夜になってはいない。

「君、何をしてるんだ、ここで」

男はやや鋭い声で問う。孝志は慌てた。自分が不審者でないことを証明しなければ。

「あの、……あの、僕、ここにお兄さんがいるので、会いに来たんです」

「お兄さん」

男は目を丸くした。

よく見ると、なかなかの男前だ。背が高く、体つきもがっしりしている。顔立ちはきりっと凛々《りり》しくて、どこかで見たような気がした。こういう俳優がいそうだな、と思ってしまうほどには整っている。黒い前髪が一筋跳ねているのは、そういう髪型なのだろうか。後ろは襟足にかかるくらいだ。

「お兄さんとは、つまり……？」

「身内です」

相手は戸惑いがちに繰り返す。しばらくまじまじと孝志を見てから、彼は口をひらいた。

「お兄さんというのは、君のお兄さん、という意味でいいのか？」

「はい」

「いや、俺には弟はいないんだが」

孝志は目を瞠《みは》った。では、彼が。

「あの」

孝志はデイパックを抱えたまま、立ち上がった。男がその勢いにおされたのか一歩下がる。

「僕、村瀬孝志といいます。小野進次郎《おのしんじろう》さんですか」

「村瀬て」

男はそれだけでわかったようだ。呆気に取られた顔になった。

「親父の息子かよ……！」

そう言ってから、彼はがしがしと頭を掻いた。

それから困ったような顔で孝志を見る。

孝志はその視線を受け止めつつ、デイパックを丸テーブルに置いて手探りでジッパーをあけた。中を探って、内ポケットに入れていた写真を取り出す。

「あの、これ、お父さんの写真です」

写真を渡すと、男は受け取った。眉が寄っている。その表情に、父の面影があった。改めてまじまじ見ると、彼はどことなく、父を思わせる顔つきをしていた。どこかで見たような気がしたのはそのせいだったのだ。

「で、なんで俺に会いに来たの？」

写真を返されたが、孝志は受け取らなかった。つづいて白封筒を取り出す。表書きには「小野　進次郎　様」と書いてある。父の字だ。

「これが、お父さんからの手紙です」

彼は、孝志が写真を受け取らなかったので、それをデイパックの脇に置いた。それから白封筒を受け取る。丁寧に封を剥がすと折り畳まれた便箋を取り出し、封筒を写真の脇に並べた。

便箋は二枚あった。それを読みながら彼は「へえええええ、ええええええ？」と呟いた。

手紙に何が書いてあるかは孝志も知らない。父の荷物を整理したら出てきたのだ。

「……どういうことなんだ？」

彼は手紙を読み終えると、孝志を見た。「親父は、死んだのか？」

「はい」

孝志がうなずくと、彼はひどく複雑そうな顔をした。

「自分が死んだら、君の世話をしろと書いてあるけど、……君のお母さんは？」

「お母さんも、一緒に」

「なるほどねえ……」

疑うことはないようだ。彼は孝志から手にしたままの便箋に視線を戻すと、ちいさく溜息をついた。

「この手紙、読んだことあるか？」

孝志は黙って首を振った。ふむ、と彼は便箋を元通りに畳んで、きちんと白封筒に入れ、テーブルに置いた。

「弟が訪ねて来たら一緒に暮らしてほしいと書いてある」

「僕も、そのつもりで来たんです。ほかに親戚もいないので……」

「……ほかに？　誰も？　その、……母方の親戚も？」

「はい」

彼は腕を組んだ。目線が上を向いている。何か考えているようだ。そうすると、顔立ちは整っているのに、かなりとぼけて見えた。

「よし、わかった」

考えがまとまったのか、彼はそう呟くと、孝志の肩をがしっと掴んだ。孝志がぎょっとしていると、そのままぐいぐいと下に押される。

「座りなさい」

「は、はい……」

孝志が戸惑いがちに座ると、彼も同じテーブルについた。

「まず、確かに俺は小野進次郎で、君が村瀬と名乗るなら、君の兄ということになるだろう。異母兄というやつだな」

彼、——進次郎は、自分でも確認するかのようにつづけた。「それで、親父と、君のお母さんは亡くなってしまった。君は身寄りがなくて、俺と暮らすためにここに来た。それは、わかった。……一緒に暮らすのはいいだろう」

その言葉に、孝志はうつむきかけていた顔を上げた。

「い、いいんですか?」

もっと疑われたり、あるいは意地悪なことを言われたりするのではないかと内心で危惧していた孝志は、あっさりと進次郎が同居を承諾したことに、驚きとよろこびを感じた。

だが、進次郎はややむずかしい顔をしている。厳《いか》めしい、と言っていいだろう。

「というより、これは俺にとってもありがたい話だ。正直なところ、困ってたんだ」

「困って……？」

「昼間に荷物を受け取れないから、いつも夜間指定にしなくちゃならん。店の営業も、暗くなってからじゃないとできない。仕入れも夕方からでないとできないし、こんな田舎の喫茶店、常連だけでもってるようなものだったのに、その常連が爺さん婆さんばっかりだったから、夜間営業になってからは閑古鳥。爺さん婆さんってのは暇だが寝るのは早いんだ。よほど早朝営業に切り替えようと思ったが、それだと俺が風呂に入れないまま寝なきゃならん。一日の汗や埃や垢を落とさずに寝床に入るのはごめんだから……」

途中からぼやきになっている。孝志がぽかんと見ていると、進次郎はハッとした顔になった。

「いや、すまん。今のは愚痴だ。……とにかく、昼に動けなくて困ってるんだ」

「お昼に、ですか……またどうして」

吸血鬼なのかな？と孝志は考えた。現実味のない考えだ。だが、ありえない話ではない。

「どうしても、こうしても」

はあ、と進次郎は大きく溜息をついた。「言って、信じてもらえるだろうか」

「よっぽど荒唐無稽な話でなければ」

孝志が答えると、進次郎は力なくわらった。

「荒唐無稽なんて小難しい四字熟語がよくさらっと出てくるな」

「趣味は読書です」

「おっ、それは今どきの子にしてはめずらしい。ゲームとかやんないのか？　今どきはソシャゲも多いだろう」

ソシャゲ、という略称を、一応、孝志は知っていた。ソーシャルゲームだ。しかしそれはスマートフォンかパソコンでやるものだろう。孝志はスマートフォンどころか昔ながらの携帯電話、いわゆるガラケーも持っていなかったし、パソコンは両親の持っていたものをさわったことがあるだけで、自分用はなかった。おかげで今までソーシャルゲームなど、同級生がやっているのを見たことしかない。

「ひとがやっているのを見たことがあります。石を集めてガチャを回してキャラを召喚するやつ……興味がなくはないですが、説明を聞いて、なぜその話を小説にしてくれないのかな、と思いました」

孝志が真顔で答えると、進次郎は声を立てて笑った。

「言いたいことはわからんでもないなあ。俺も、話を読むなら小説でいいだろうとは思うときがある。まあそれはともかく……今から話すのは荒唐無稽なことだ」

すぐに進次郎は笑うのをやめて、真剣な顔になった。思わず孝志も居住まいを正す。

「君には信じられないかもしれない」

もったいぶった物言いだ。しかし孝志は何も言わなかった。この世はなんでも起こりうる。突然、両親がふたりとも死んでしまった孝志としてはそう考えざるを得ない。

「さっき、君がこの店に入ってきたとき、その、……猫が、出迎えただろう」

「えっ、見てたんですか？」

思わず孝志は目を丸くした。

「いや、違う……」

進次郎はもごもごした。

「白くて可愛い猫でした。首輪をしていなかったけど、あれ、野良じゃないですよね。あんなにきれいなんだから。――飼ってるんですか？」

「……いや、それも違う」

何故か進次郎は居心地が悪そうだ。照れているようにも見えた。

「えっ、じゃあご近所の？」

「あれは俺だ」

早口で進次郎は告げる。

孝志はじいっと、目の前の男を見た。

進次郎もまっすぐに見返してくる。……しかし、どことなくもじもじはしていた。

「信じられないか」

「えっと……どういうことなのか、説明がほしいです。お兄さんはもともと、生まれつき、猫だったんですか？　それとも、猫に変わるようになっちゃったんですか？」

「それそれ」

進次郎は両手で顔を覆うと、テーブルに突っ伏そうとして、デイパックにぶつかった。すぐにがばっと身を起こし、顔から手をはなす。恥ずかしいのか慌てているのか、それとも何か別の感情で動揺しているのか。孝志はそう考えた。

「猫に変わるようになったんだ」

「……そういう病気ですか？」

なるべく現実的に考えるようにして、孝志は尋ねる。

「違う」

進次郎は神妙な面持ちでつづけた。「呪いらしい」

「呪い……」

「信じられないかもしれないが」

「ええっと……信じます」

孝志が言うと、口をひらきかけていた進次郎は、ぽかんとした。

「信じるんだ?!」

「えっ、信じないほうがいいですか?」

「いや、信じてくれるなら話が早い。とにかく俺は呪われて、昼間はあの白猫になるんだ。満月の日以外は」

進次郎は大急ぎでつづけた。

「満月の日……は、どうなるんですか?」

「日中も人間でいられるから、そういうときに、昼しかできないことを済ませる。銀行へ行って売り上げを入金したり、夜はやっていない店で買いものをしたり」

「なるほど」

それはとても合理的に思える。とはいえ、月に一度しか人間でいられる昼がないのは、不便だろう。

「こんなことになったせいで新しいクレカの受け取りもなかなかできなかったし! クレカが受け取れないと通販ができなくて困ったし! 免許の更新も昼間じゃないとできないから、やばかった」

「ごはんの買いものとかは、一気に買い込んだりしてたんですか?」

「冬は早く陽が暮れるから、暗くなってから国道の向こうのスーパーに行ってた。その時間帯だとまだやってるからな。けど、これから日が長くなる。このあたりは夏になると日没が七時すぎになることもあるから……」

にゃーん、と猫の鳴き声がした。思わず孝志は門のほうを見た。

「おっ」

進次郎も振り返る。「来たな」

進次郎の言葉に招かれたように、門から三毛猫が入ってきた。三毛猫は進次郎の足もとまで来ると、ちょこんと座った。進次郎と孝志のあいだだ。鎮座した姿勢で、三毛猫は胡乱《うろん》げに孝志を見上げる。

「もうだいぶん暗くなったもんな……うちの開店は七時半だが……」

進次郎はそう言いながら、腕を伸ばして三毛猫を抱き上げる。確かに、さきほどまでの夕暮れが、すっかり宵闇に移っていた。

「時間がないな。詳しい説明はあとにしよう」

進次郎はやさしい手つきで三毛猫を撫でた。心地いいのか、三毛猫は喉をごろごろ鳴らす。

「とにかく、ここは夜になると営業する猫茶房だ。猫カフェってほどおしゃれじゃない。近所の猫が店員だ。これも理由がある。とにかく詳しいことはあとで説明する。

君、……えっと、孝志くん」

「はい」

初めて名を呼ばれて、孝志はなんとなくホッとした。他人行儀に感じるが、それは仕方がないだろう。孝志は兄がいると知っていたが、進次郎は弟がいると今まで知らなかったのだ。

「ここで暮らすなら、俺の手伝いをしてくれ。バイト料はたいして出せないが、ただ働きはさせない。もちろん、弟だから衣食住のめんどうはみる。それでもいいなら」

「それでかまわないです」

孝志は思わず立ち上がる。頭を下げた。

「よろしくお願いします!」

「こちらこそ、よろしく」

孝志が顔を上げると、進次郎は手を差し出した。

大きな手を、孝志は握り返した。

みかげ庵という喫茶店に兄がいる、ということしか孝志は知らなかった。

みかげ庵は進次郎の母方の祖父が営んでいた店舗で、祖父が亡くなったのでそれを引き継いだらしい。

開店はだいたい七時半から。店の裏手には古くからある住宅地が広がっており、以前はそこの住民がお客だったようだが、進次郎の説明のとおり老人ばかりだったので、当時の常連客は今では滅多に訪れないという。

今は猫喫茶、しかも夜間営業なので、その評判を聞きつけた客が遠くから来ることもあるようだ。また、店のある交差点を右に曲がると、孝志がおりた駅ではなく、さらに先の、普通列車しか停まらない駅があって、そこから帰宅する途中に寄るお客もいた。どうやら最寄り駅はこちらで、孝志はほぼひと駅ぶんの距離を歩いたのだ。

猫店員は、進次郎が昼間の猫のうちに近所の猫に声をかけて集めているという。餌と水を安定供給するので、人間に撫でさせてもいいなら来てほしい、というようなことを告げているそうだ。猫たちは気ままで、いいよ、とうなずいても、訪れるのは二匹に一匹で、多いときはやたらと来るが、少ないときは数匹ほどしか来ないという。

そして近所の猫なので、衛生面を気にして、進次郎は、来店した猫たちの前肢と後肢をペット専用のウェットティッシュできちんとぬぐってから店内に入れていた。そんなことをすればふつうの猫は嫌がりそうなものだが、猫店員たちは諦めたような顔をして進次郎にぬぐわせていた。進次郎を真似て孝志もやってみたが、猫店員は胡散臭そうに孝志を眺めはしたものの、激しく抵抗をする者はいなかった。

「いつもより多いな」

猫喫茶と聞いてやって来たという、女性ふたり連れの客の注文品を出してカウンターに戻ってきた進次郎は、訝しげに言った。

店内は灯りが点り、孝志がはじめに入ったときより明るい。オレンジ色の照明に照らされた店内は古びた内装だが、落ちついて趣《おもむき》があった。前庭へと出入りできる硝子戸は今は閉じられていて、その前に丸テーブルがふたつ。出入り口からまっすぐのびた壁ぎわのスペースには四人がけの席が三つあり、カウンターの前にも席がある。いちおう分煙だそうで、女性客は窓際の喫煙席に座っていた。

客席から見える前庭の、ライトアップされた芝生の上にはぶち猫が何匹かいる。女性客はそれを眺めて可愛いねぇなどと言っているが、その膝には三毛猫や虎猫がいて、ごろごろと喉を鳴らしていた。

それ以外にも、店内には猫がいた。孝志が進次郎にいろいろと教えられながら開店準備をしていると、どこからともなくやってきたのだ。

カウンターの中にはさすがに入ってきていないが、客のいない空いている席に鎮座している猫店員が何匹もいる。その模様もさまざまだ。耳と手足の先だけ色づいた猫や、灰色の猫、まるで上着を着ているように肩と背だけ黒く、ほかは白い猫、などなど。似ていても、どれも同じ模様はひとつとしてない。大きな猫も小さな猫もいる。もっふもふの毛の長い猫は、カウンターの向かいにある壁ぎわの席の椅子で丸くなり、しかしその目はじっとカウンターに向けられていた。

「いつもより……？」

「ああ。猫店員は、来てくれと頼むと、行けたらね、とか答えるくせに、来ないことはよくあるんだ。――どうも、君を見に来たような気がする」

進次郎はそう言いながら、傍らに立っている孝志を見た。「そういえば、夕食がまだじゃないか？　なんか食べるか？」

「えっ、いいんですか？」

実を言うと、新幹線に乗る前に駅構内の店でカレーを食べて以来、何も口にしていない。初めて兄と会う緊張や、受け容れてもらえるか不安だったので、あまり気になっていなかった。そう言われると空腹を自覚したが、それよりも進次郎の気遣いがうれしかった。

「今から夜中まで営業だ、空きっ腹じゃ動けないだろう。ついでに一時間くらい休憩してくれ。長旅で疲れているだろうし」

そう言うと、進次郎はフライパンを手にしてガス台にかけた。焜炉《こんろ》は三つ。みかげ庵で出す軽食はせいぜいオムライスだと猫をぬぐいながら進次郎に教えられた。デザートのアイスクリームも盛るだけで飾りはないと、メニューの写真も見せられた。

　進次郎はフライパンはそのままに、あざやかな手つきでたまごをボウルに割り入れ、さらに「白だし」のラベルが貼られた瓶から少し液体を垂らして掻き回した。フライパンに落としたバターが音を立てていい匂いが漂う。そこへよく溶いた卵液を流し込んだ。ぱちぱちと爆《は》ぜる音。

「皿、出して」

　指示されて孝志は食器棚から皿を出した。食事のメニューが少ないからか、皿の種類はひとつでわかりやすい。それとは裏腹に、コーヒーカップの種類はたくさんあって、統一されていなかった。進次郎の祖父が集めたものを使っているようだ。

　孝志が調理台に皿を置くと、丁寧に菜箸でたまごを丸めていた進次郎が、形を整え、器用にひっくり返す。たちまちオムレツができあがった。

「チキンライスでなくてすまないが、ごはん、どれくらい食べる？」

　フライパンから目をはなさず、進次郎が問う。

「ふつうで」

「了解」

　進次郎はフライパンを焜炉に置き直して火を切ると、大きな炊飯器をあけた。開店前に仕込んだ米が炊き上がっている。そこからしゃもじで掬《すく》ったごはんを皿に盛り、その上にフライパンからオムレツを載せた。

中央にナイフで切れ目を入れると、オムレツがぶわっと広がった。トロトロだ。

「ケチャップいるか？」

「あっはい」

孝志がうなずくと、進次郎は冷蔵庫から取り出したケチャップを、ゆっくりとたまごの上にかけた。

「はい、できあがり」

あっという間にオムライスができた。孝志は感動した。

進次郎は皿をトレイに載せ、紙ナプキンで包んだスプーンと水の入ったコップを添えてくれる。

「あっちの、奥の席で食べてくれ。一時間経ったら声をかける」

トレイを渡され、壁ぎわの奥の席を示された。孝志は思わず笑顔になった。オムライスのほかほかした湯気が顔に当たったからだ。そして、この匂いで、自分が実は相当にお腹を空かせていたことに気づいた。

「ありがとうございます」

孝志が礼を述べると進次郎は片眉を上げた。その表情は、何故か意外そうだった。

「口に合うといいんだが」

それから進次郎は、ちょっとだけ笑った。それがうれしそうに見えたので、孝志も少しうれしくなる。

奥の席、と言われたので、孝志はトレイを手にして、いちばん奥の席に向かった。その脇にはトイレにつづく通路がある。

奥の席には猫店員は誰もいなかった。なので孝志はためらわず、トレイをテーブルに置くと壁に背を向けるようにして隅っこに座った。

兄に会うまではもちろん、会ってからも今まで緊張していたのだろう。オムライスを目の前にすると空腹感がより強くなる。孝志はスプーンから紙ナプキンをはずした。

にゃん、と声がした。足もとを見るより早く、ぴょいっ、と毛の長い猫が向かい側の席に跳びのる。さきほど、カウンターの中にいた孝志をじっと見ていた猫だ。

さらに、灰色の猫がその隣に跳びのった。

それを皮切りに、店内の猫店員が、わらわらと近づいてきた。何匹かは向かい側のソファ席に、あるいは孝志の隣に跳びのる。たちまち席は猫でいっぱいになった。さらに、どこにいたのかと思うような錆猫や、くつした猫、ほかの猫より小さいぶち猫などが現れて、テーブルの下から孝志を眺める。さっきぬぐったときにこんなにもいただろうかと不審に思う。

猫たちの視線は、痛いほど孝志に向けられた。

「えっ、もしかして食べたいの？」

店内には客がいる。だから、孝志は声をひそめて尋ねた。しかし猫たちはそれ以上は動かず、ただ黙って孝志を見つめている。明らかにめずらしがっている視線だ。

「猫には食べさせるなよ」

カウンターの端まで来て、進次郎が声をかけた。猫店員は一瞬そちらをちらりと見たが、すぐに孝志に視線を戻す。

「あっ、はい……」

「怖くないか？　だいじょうぶ？」

問われて孝志は曖昧に笑い返した。さすがにこれだけ猫に群がられる中で食事をするのは少し怖いというか、警戒せざるを得ない。しかし猫たちは跳びかかってくるでもなく、オムライスの皿に手を出すでもなく、ただただ孝志を見守っているようだ。

孝志はおっかなびっくりで、手にしたスプーンをオムライスのたまごに入れた。猫店員は身動《みじろ》ぎもせず、それを眺めている。そんな猫店員の視線に晒されながら、孝志はスプーンを口に運んだ。

オムレツがとろとろだ。ごはんはふつうの白米だったが、ケチャップがかかっているし、たまごにほんのり味がついていて、ちょうどよい加減だった。そして、あたたかい。孝志は最初の一口を咀嚼してのみ込むと、猫店員のことも忘れてもぐもぐと食事をつづけた。

オムライスなど食べるのはいつぶりだろう。母がつくってくれたのは具の入っているチキンライスを、たまごの薄皮で包んだものだった。それもおいしくて好きだった。同じものを作れるようになりたかったが、教えてもらったときはうまくたまごの皮でチキンライスを巻けなかった。練習すればできるようになるわ、と母は言った。

もっと練習すればよかったと、オムライスを半分ほど食べたところでふと考える。両親が死んだことも、まだ実感がない。死亡診断書は見せられたが、孝志は両親がどのように亡くなったか、その亡骸も見ていないのだ。孝志に知らされたときはもう骨になっていて納骨も済んでいるからと言われた。両親は事前にそういう手つづきをすべて委せていたらしい。

実の両親だ。そんなことってあるのだろうか、と孝志は考えたが、そう告げられるとどうしようもない。だから、死んだことは受け容れたが、通夜も葬式も経験していないせいで、未だに両親がどこかにいるような気がしてならない。

どこかにいればいいのに。

じわっと目が熱くなったので、孝志は止めていた手を慌てて動かした。考えてはいけない。考えれば、泣いてしまう。両親に会えなくなったことは悲しい。だけど、泣いてばかりいるわけにもいかないのだ。せっかく兄に会えたし、一緒に暮らすことも許可された。

孝志の傍らに座っていた黒白模様の猫が、うにゃんと鳴いた。見ると、怪訝そうな顔で孝志を見つめている。

「なんでもないよ」

孝志がそう言うと、何故かその猫は、ふっ、と息をついた。

すぐ近くにいた猫店員が、ふいに腿に頭突きをしてくる。何かと思って見ると、灰色の猫店員が、ぐりぐりと孝志に頭を擦りつけていた。やがてその猫は孝志の腿にぴたりと体をくっつけて、その場でくるんと丸くなった。ふれているところがあたたかい。くたくたの体の感触も心地いい。

米粒ひとつ、たまごのかけらひとつ残さずオムライスを食べ終わったので、孝志はスプーンを置いた手を、そっとのばした。体をくっつけている猫にふれると、一瞬びくっとするが、目をあけて孝志を見て、何かうにゃうにゃ言う。体の側面を撫でると、気持ちよさそうに目をつむった。ぐるぐると、喉を鳴らす音が聞こえてくる。

オムライスのおかげでお腹がいっぱいになったし、猫が体をくっつけているのであったかいしで、孝志は眠くなってしまった。

声をかけると言ってくれたから、少しだけ眠るならいいだろう。

孝志はソファ席の背もたれと壁に挟まれた角の隙間に体をあずけて、目を閉じた。

＊

誰かが言葉を交わしている。何を言っているかまでわからないが、会話だった。お客さんが増えたのだろうか。起きなきゃ、と思ったが、目をあけると、孝志は暗い中に座っていた。

頭上にはオレンジ色のランプがある。見上げると、花のようにひらいたかさの下で、煌々《こうこう》と電灯がついていた。……こんな内装だっただろうか。

『ほら、目をさました』

聞いたこともない声がした。ハッとしてあたりを見まわすと、同じような灯りの下のテーブルについた何人かがこちらを見ている。孝志はまばたいた。

老若男女、年齢も性別もまちまちの数人は、全員、頭から耳が生えていた。

『ねえ、ちょっと、こっちに来ない？』

気だるそうに告げたのは、灰色の髪を長く垂らした年配の女性だった。ふっくらとしてやわらかそうな体つきで、顔にはところどころ皺が目立っている。お婆さんと呼んで差し支えない年齢のようだ。

『話せるのかな』

そう、訝しげに言ったのは、ライオンのたてがみのようにふさふさした頭髪から、これまた耳が生えている男だった。歳は孝志より少し上のように思えた。

『言葉がわかるかってこと？』

「えっ……あの……」

孝志は戸惑いつつ立ち上がった。

さきほどまで座っていたソファ席ではなかった。丸い木の切り株。よく見るとテーブルも、大きな木を真横に切ったものだった。

ここはどこだろう。まるでおとぎの国だ。

「あの、……ここは、いったい」

『言葉、通じるみたい』

また、誰かが言った。灰色の老婦人の向こうから顔を出したのは、まだ小学生くらいの少年に見えた。

『おいで。何もわるいことはしないから』

灰色の髪の老婦人の言葉に、孝志はぎくしゃくと、かれらのテーブルに近づく。

そんな中でもざわざわと会話が聞こえているが、それは周囲にも同じようなテーブルがいくつもあるからのようだった。そのテーブルについているのが、かれらと同じで、頭から耳が生えた者たちだ。孝志のいたテーブルよりも大きいので、ぐるりと周りを取り囲むようにしているのは十人ほどだろうか。

『ほら、こっちにお座りなさい』

老婦人が半分だけ、切り株の椅子をあけてくれる。孝志は躊躇したが、老婦人が、とんとん、と丸いテーブルを指で叩いたので、腰をおろした。落ち着かない。

『あなた、進ちゃんが新しく雇ったんですって？』

椅子を分けているから体が少しだけくっついてしまう。しかし老婦人は気にしないようで、微笑みながら尋ねてくる。よく見ると、灰色に見えた髪は、白と黒が入りまじっていた。もともと黒髪だったのが、白髪がまじったのだろうかと孝志はぼんやり思った。

「しんちゃん……進次郎さんですか？」

『そう。俺たちの雇い主』

しましまの耳の青年がうなずく。うなずくと耳がぴょこっと揺れたので、思わず孝志はじっと見てしまった。

「雇い主……ということは」

『これ見てわかんない？』

老婦人が自分の耳を指す。

『それですぐわかったらすごいと思うが』

丸テーブルの、孝志から離れた席についていた、大きな男が口を開いた。耳は、片方だけ黒くて、片方だけ白い。そして、ぶら下がっているランプに頭が届きそうなほど大柄だった。

「みんな、猫さんなんですか……？」

孝志は半信半疑で問う。

すると、テーブルについていた面々はいっせいにうなずいた。

『のみ込みが早いわね。頭が柔らかいのかしら。話が早いのはいいことだわ』

老婦人が満足そうに言った。

「ええと……」

孝志は困惑した。猫店員と言葉を交わしているのだろうか。とはいえ目の前にいるのはどう見ても、耳が頭から生えているだけの人間だ。それぞれの服装も、個性はあるがちゃんとしている。着物を着ているものもいるが、概ね洋服だ。

『困ってるんじゃないの？』

テーブルの向こう側から少女の声がした。見ると、小学生くらいの女の子だった。頭から出ている耳がぶちだ。

「そのとおりです」

孝志がうなずくと、女の子は恥ずかしそうに、隣の少女に顔を向けた。隣の少女は少し年上のようだ。

『そりゃ困るわよね。急にこんなところによばれて』

「僕、よばれたんですか？」

隣の老婦人を見ると、彼女は妖艶に微笑んだ。

『猫がそばにいたから、眠くなったでしょう？』

「えっ……あれって、そういうことなんですか？」

『そういうこと』

猫がそばにいると眠くなるのはともかく、このような場所に連れてこられるのは尋常ではないと思ったものの、孝志は納得することにした。

「僕に何か用が……？」

孝志が首をかしげると、テーブルについた面々は、視線をいっせいに向けてきた。

『用……まあ、用といえば』

老婦人とは逆の隣から声がした。見ると、隣に座った男が孝志をじっと見ていた。中肉中背の、ごくふつうの若い男だ。進次郎と歳が近く見えた。

『君、これからみかげ庵で働くんだろう』

「あっはい」

なんとなく兄に似ているなあと思いながら、孝志は答えた。

するとテーブルについていた全員が溜息をついた。

『気の毒に』

『でも、進ちゃんはともかく、この子は関係ないんじゃないの』

『そうなのかな。……ええっと、君』

隣の男が、呼びかける。孝志は再び彼を見た。

「はい……」

気の毒ってなんだろう。そう考えていると、男はどことなく心配そうな顔をして孝志を見た。

『悪いことは言わないから、やめたほうがいい』

「どうしてですか？」

孝志は即座に尋ねた。すると、男はますます困ったような顔をした。

『呪われるかもしれない』

「呪われる……あの、お兄さんみたいに、ですか？」

お兄さん、と孝志が口にすると、男は眉を上げた。

『お兄さん……』

「僕、進次郎さんの弟なんです」

テーブルについた全員が、いっせいに孝志を見た。といっても、かれらの視線は最初から孝志に向けられがちだったが、そのすべてが集まったのだ。圧を感じて孝志は椅子の上で身をひいた。

『弟』

椅子を分けた老婦人が、驚いたように目を瞠っている。

『弟なんていたの？』

『初めて聞くな』

『進次郎から聞いたこともないぞ』

老婦人の呟きをきっかけに、かれらは疑問を口にした。

「ええっと……僕、お兄さんとは、お父さんだけ同じなんです」

『お父さんっていうと、あれか』

『追い出されたんだっけ』

ざわざわとさざなみが立つように、周りの者たちが口々に何か言っている。追い出された、という話は孝志も初めてきくので興味を持った。

「お父さんって、追い出されたんですか？」

『詳しいことはよくわからないけど、ミカがそう言っていたわ』

孝志の疑問に答えたのは、老婦人だった。ミカとは誰だろう。この場にいるのかと思って孝志は周囲を見まわしたが、誰も、自分だ、というような意思表示はしなかった。

「ミカ、さん……」

『ミカは、ご主人以外、大嫌いだったからねえ』

『でなきゃ進ちゃんにあんなことしないよなぁ』

『でも進ちゃんもどうかと思うよ。ずっと名前を間違えてたでしょう』

『えっ、でも、進ちゃん、昔はミカちゃんになついてたんじゃないの』

『知らなーい。その話、初めて聞く』

『言われてみりゃ、ここにいるのはみんな進ちゃんが小学生になってから居着いたやつばっかりだよな』

『そうそう、あのおじさんが出てってからだよね』

『ひなさんは知らないの？　いちばんの古株でしょ？』

『んっふふ』

孝志の隣の老婦人が鼻息をついた。『詳しくは、知らないけどね。呪いっていっても、いろいろあるから』

「その、……」

ミカというのが誰で、そのひとが兄に何をしたのか、と孝志が尋ねようとしたとたん、頭がぐらぐらしてきた。

『あっ、じゃあまたね』

孝志が頭を押さえると、それに気づいた老婦人が告げる。

頭の中がぼんやりして、孝志は自分が引き上げられていくのを感じた。

＊

「おい、起きてくれ」

肩を軽く揺すぶられて、孝志は目をさました。

意識が戻ると、まず最初に膝の上に重みとあたたかさを感じる。あたたかさは膝の上だけでなく、腿の横や、足もとにもあった。

「よく寝てたな」

目を上げると、進次郎が覗き込んでいた。

「あっ、」

慌てて孝志は起き上がろうとしたが、体にかかった重みにぎょっとする。

見ると、膝の上には猫が三匹、重なって乗りかかっていた。膝から溢れた猫が半ば液体のようになって腿にくっついている。それも一匹だけではない。ざっと見ただけでも五、六匹はいた。足もとにも、猫が身を寄せている。

「え、……」

「君、猫寄せの術でも使えるのか」

進次郎に言われて、ドキリとした。見上げると、おかしそうに笑っている。

「気がついたら、猫店員がほとんどみんな君のところに溜まっていた。お客さんに対応していたの以外だが……」

そう言いながら、進次郎は窓ぎわの席を振り返った。見ると、さきほどまでいたふたり連れの女性客はすでにいない。そして、彼女たちを接客していた猫店員たちは、出遅れた、とでもいうように、そのテーブルの下でこちらをじっと見ている。

「君は猫が好きなのか」

進次郎はおかしそうに問う。

「えっと、……よくわからないです」

孝志は正直に答えた。

両親と暮らしていたころ、猫との縁はほとんどなかった。近所で見かける程度だったが、そのような猫に、こんなふうにまとわりつかれたことはない。

「まあいいか。今はお客さんも途切れてる。今度は俺に休憩を取らせてくれ。お客さんが来たらすぐに出るから」

「あっ、はい」

うなずく孝志の膝の上から、進次郎は猫店員を抱え上げては、ひょいひょいと床に降ろしていく。その手つきはとてもやさしかった。


その後は、進次郎の休憩が終わってから、カップルがひと組と、疲れたような三十代ほどの女性がひとり来たくらいだった。女性は最近になってよく来るとかで、進次郎と何か言葉を交わして、オムライスを食べて帰っていった。

閉店後、かたづけのときに改めてメニューを確認したが、コーヒーや紅茶といったドリンクしか載っていなかった。なのにオムライスの注文を受けるのが疑問で、掃除をしながら訊いてみた。

「昔は出していたから、注文を受けたらつくるだけだ。昔から来てるお客へのちょっとしたサービスだな。本当は、食事は出したくないんだが、仕方がない」

進次郎は床を拭い終えたモップを、裏手に持っていってから戻ってきた。そのとき孝志は、指示を受けていたテーブル拭きを終えたところだった。店内はさして広くないし、テーブルの数も少ないので、閉店後の掃除はたいして時間がかからなかった。

「じいさんの代でも、コーヒーだけにしたかったようだが、要望があったからと、サンドイッチやオムライスも出していた。洒落のつもりはないが、景気のよかったころはケーキも仕入れてた。今はオムライスだけ、希望があればつくる裏メニューだな。最近は夜あけてるから、裏メニューとはいえ食事があったほうがいいかと思ってな」

掃除の前に、炊飯器の中に残っていたごはんはみんなパック詰めした。あとで自宅のほうの冷凍庫に入れるらしい。店でごはんを炊き、余ったらそれを食べるというわけだ。オムライスを頼む客は多くはないので、毎日そうしているらしい。

進次郎は丸テーブルの椅子をひくと、腰掛けた。次いで、孝志を手招く。孝志はダスターをテーブルに置きつつ、椅子に腰掛けた。

「ところで店は、どうだった？」

進次郎はどことなく、うずうずした顔つきで尋ねる。第一印象こそ怪訝そうだったせいか少し怖く感じられた進次郎だが、表情は豊かなように思えた。

「どう、とは」

「店だ。やっていけそうか？」

「ああ、それは、……少し緊張しますけど、なんとかなるかと思います」

それより……と、孝志はおずおずとつづけた。こんなことを言うのは生意気かもしれない。だが、心配だったのだ。

「お客さん、少ないのでは……」

「それは、まあ、うん」

進次郎はばつがわるそうに、孝志から目を逸らした。「こんな田舎で、駐車場も狭いし、そうそう客は来ないもんだよ。……うん」

「その、僕がいてもだいじょうぶなんですか？」

「うん？」

進次郎は訝しげにまばたいた。「だいじょうぶ、とは」

「その、……僕がいると、け、経済的に、苦しくないですか？」

こんな差し出がましいことを訊いていいのだろうかとどきどきしつつ口を開くと、進次郎は目を瞠った。次いで、苦笑する。

「ああ、客が少なくて心配してくれてるのか。確かに収入は少ないよ。けど、それは君が気にすることじゃない。うちは地代があるんで、この店はじいさんが道楽でやってたんだ。本当はじいさんが死んだら畳んで、俺は適当にアルバイトでもするかと思ってたんだがな……そういうわけにはいかなくなって」

そこで進次郎は、暗い顔になった。溜息をつく。

「猫になるんじゃ、バイトもむずかしいですよね……」

「まあそれもある」

進次郎はうなずく。「とにかく、君がここにいたいなら、店を手伝ってほしいんだが、……まあ、たいていはきょうみたいな感じだ。どうだろう?」

「きょうみたいな感じなら、僕にもできそうです」

「だったらよかった」

進次郎は笑顔になった。男らしい、さわやかな笑顔だ。しかし、すぐにハッとした顔になる。

「ところで君、歳はいくつだ」

「十六です」

「なんだって?」

進次郎はとたんに顔を険しくさせた。「十六……高校は」

「一応、休学扱いにしてもらっていますが、ここで働くなら、辞めるつもりです」

孝志の答えに、進次郎は呆気に取られた顔をする。

「君、……君、それはまずいんじゃないのか」

「落ちついたらどうにかしようとは思ったんですが……」

進次郎はふいに立ち上がると、店内を歩き回り始めた。

「高校生……高校か。高校て。未成年か……」

そんなことを呟きながら、進次郎はうろうろと店内を巡る。孝志は戸惑った。止めるべきだろうか。しかし、顔を合わせて半日しか経っていない相手だ。そういう癖なのかもしれないと思うと、無闇に制止もできなかった。

ぐるぐる歩き回っていた進次郎だが、やがて考えがまとまったのか、テーブルに近づいてきた。真剣な顔をしている。

「……高校、行ったほうがいいのでは?」

何を言うか想像はついていたが、彼の言葉に、孝志はなんとなく安心した。この兄は、弟とはいえ会ったばかりの相手でも心配してくれるまともさがあるのだ。

「でもそうすると、昼間に荷物を受け取ったりできませんけど……」

孝志が控えめに反論すると、む、と進次郎は口を引き結んだ。思案するように何度かまばたきを繰り返す。

「その、休学っていうのはつまり。今は四月だが……もしかして、高校に入ったばかりで休学したのか?」

「いいえ。今年は二年生でした」

「なるほど。……転校する気は?」

「なくはないですけど、行ったほうがいいですか?」

孝志としては、兄が拒んだら一緒に生活はできないことはうっすら予想していた。だからもしそうなったら高校を辞めて働こうと考えていたが、そこそこの進学校だったので、もったいないからと休学扱いにするのを勧められたのだ。

「君の人生を百年と考えたら、行ったほうがいいだろうな」

進次郎は真顔だ。「学費のことなら、心配はない。俺がなんとかする」

その言葉に、孝志は呆気に取られた。

もともと孝志は感情がさほど豊かではない自覚がある。だが、兄の申し出にはただただ驚愕した。

「あの、……」

おずおずと孝志は問いかける。「そんなで、いいんですか？」

「何が」

進次郎は椅子をひくと、腰掛けた。じっと孝志を見つめる。

「だって僕が、その、……嘘をついていたら、とか」

「どんな嘘だ？」

進次郎は目を丸くした。

「弟だというのが嘘だったら……」

兄のところへ行き、運がよければ一緒に住んでもらえる。そう考えてはいたが、運が悪ければ追い出されるか、知らないと突っぱねられる可能性があることも理解していた。孝志は、兄がいると聞いていたが、兄は孝志のことなど知るはずもないのだ。

なのに、進次郎は予想外のことばかり言う。

「なるほど、そういうことか」

そこで彼は笑った。明るい、屈託のない笑顔だった。

「そりゃあ確かに、君が弟だというのが嘘だとしても、高校に入る手つづきで、戸籍を取り寄せたりするだろう。それですべてがわかってしまうな。それがいやで、高校に行きたくないのだとしたら……まあ、残念だ、俺としては」

そこで進次郎は肩をすくめた。「俺は実際、困ってるんでね。君がここに住むのはありがたいんだ。この土地に慣れて留守番してもらえるようになれば店をあけることもできる。といっても、貴重品を持ち逃げされたら困るが……君はそういうことをしそうにはとても見えない」

「僕、そんないい子じゃないですけど……」

控えめに告げると、進次郎は肩を揺らせた。声をころして笑ったようだ。

「いい子とか悪い子というより、そういうことをしそうな覇気がない」

その言葉には、孝志も納得せざるを得なかった。自覚はあるのだ。学校では影が薄いと言われたこともあった。といっても影が薄いおかげでへんに目をつけられていじめられることもなかったので、特に問題ないと自分では思っている。両親も、目立つよりはいいと言ってくれたので、孝志は意識して気配を消すように心がけてもいた。

「まあ俺としては、できれば近くの高校に転校したほうがいいと思うが、……」

　そこで進次郎は溜息をついて、椅子の背にもたれ、わずかに上を向くようにして顎をそらした。どうかしたのだろうかと孝志が思うより早く、進次郎はすぐに顎を引いて視線を孝志に向けた。その顔には、どことなく諦観にも似た苦笑が浮かんでいる。

「自分がこんな、分別のついた大人のようなことを言うとは思わなかったな」

　独り言のように呟くと、進次郎は肩をすくめた。「とにかく、君が高校へ行くなら、編入試験を受けることになるんだと思う。よくわからんが……それと、どうしてもいやなら、無理に行けとは言わないが……君が俺の弟としてここに住むというなら、俺は君の保護者ということになるから」

「保護者」

　思わず孝志は目を丸くした。意外な言葉だったからだ。

「そりゃ、そうだろう」

　今度は進次郎が軽く目を瞠った。意外そうだ。

「君は両親が亡くなって天涯孤独になったから、俺のところへ来たんだろう」

「それは、そうです……けど」

「つまり、成人である俺の保護が必要だから、一緒に暮らしたいのかと思ったぞ」

　進次郎は不思議そうだ。言われてみればそうだ。しかし孝志は正直に答えた。

「お父さんが、いつも、僕にこっそり教えてくれてたんです。お兄さんがいるって。それで……会ってみたくて、できれば、一緒に暮らせたら、うれしいなって」

「親父、……俺のこと、なんて言ってたんだ？」

進次郎は複雑な顔つきになった。やや剣呑にも見えたが、怒っているわけではないように思えた。

「やさしい子だし、弟がほしいと言っていたから、きっと僕に会ったらやさしくしてくれるって」

孝志がそう告げると、進次郎は深く溜息をついた。剣呑な表情は変わっていない。

「……そうか」

しばらく彼は孝志から視線を逸らすように目を伏せていた。

その態度に、孝志は何を言っていいかわからなくなった。兄の話は父からよく聞いていたので勝手に親近感を覚えていた。しかし、兄にとって自分は突然現れた弟で、驚くばかりなのも予想はついていた。ひょっとしたら怒るかもしれない、とも考えていた。

進次郎が一緒に生活することを快諾してくれたのは、彼が困った立場にあるからなのも、孝志はわかっている。だが、このときの進次郎の反応は、今まで予想していたものとまったく違っていた。

「確かに、弟がほしかったころはあったな。小学生のときだ。あのころは親父もいた。……俺は、……」

そこでまた、進次郎は深く溜息をついた。

どこか遠くから、バイクらしき爆音が聞こえた。一台だけではないようだ。それが近づいて、遠ざかる。近くに大きな道でもあるのだろうか。孝志はふと、気になって音のするほうを向いた。

「……とにかく」

そんな孝志のしぐさで、進次郎は我に返ったようだった。「俺の言えた義理じゃないが、勉強はしないよりしたほうがマシだと思うぞ。……こんな説教臭いことは言いたくないが……少なくとも、高校くらいは卒業してもばちは当たらないだろう」

「でも、昼間、誰かいないと困ることがあるんですよね？」

「君が高校から帰ってくるのは遅くてもせいぜい五時くらいだろう。それから店の準備をしても遅くはない。荷物の受け取りだって、夜間指定にしておけばいいし……前は夜間指定にしていても、客の対応で出られなかったりしたんだよ。銀行に行くのだって満月の日にすればいい」

「僕がいてもいなくても、お兄さんの生活は変わらないってことですか？　僕がいるほうが、負担が大きくないですか？」

孝志が問うと、進次郎は苦笑した。

「子どものくせに、負担とか、君は気にしいだな。突然来た割には、そんなことを心配するのか？」

「……だって」

この兄に会って半日も経っていない。もうすぐ日付が変わる。しかしそんなわずかな時間だけでも、孝志には進次郎が、まともな感性の大人だと思えていた。

進次郎がふつうの大人だったら、ここまで気にならなかっただろう。だが、昼間は猫に変わり、まっとうな社会生活がままならないというのだ。そんな状態で、自分というお荷物を引き受けてしまったら、兄の負担は増える一方ではないか。

ただでさえ困っている兄がさらに困るのならば、自分はいないほうがいいのではないか。

「まあ、気にするな。住んでいいと言っただろう。それに、君がいると助かるのは事実だ」

「助かり……ますか？」

「あのなあ。ただでさえ、夜が明けたら猫になるんだぞ、俺は。こんなの、誰に話して信じてもらえるんだ」

進次郎はうんざりしたように言った。うんざりしているのは孝志の重ねた問いにではなく、猫になってしまうことに対してのようだ。

人間が猫になるなど、現実としてはありえない。だが、孝志はそう言われて信じられた。そう告げた進次郎が、真剣な顔をしていたからなのもある。とはいえ、猫に変わるのを見たわけでもない。

「だいたい、君、自分が嘘をついていたらと言ったが、俺だって、昼間は猫になる、と嘘をついているかもしれないだろうに」

「でも、嘘じゃないんですよね」

「ああ、嘘じゃない。忌々しいことに、本当だ」

進次郎は眉間に皺を寄せた。

「どうしてそんなことになっちゃったんですか？」

「……ミケのせいだ」

孝志が問うと、進次郎は、重々しく告げた。


ミケとは、進次郎の祖父が飼っていた猫だったそうだ。

「ミケは俺が生まれる前からこの家にいたが、ばあさんや、じいさんのひとり娘だった俺の母親とは仲がわるくてな。寄りつきもしなかった。母親が言うには、母親が生まれる前からいたとか、なんとか……」

「その、お兄さんのお母さんは……」

「俺が高校のときに亡くなった」

孝志の問いに、進次郎はあっさりと答えた。「ばあさんは俺が生まれる前に亡くなってたから、それ以来、俺はじいさんとふたり暮らしでな。そのじいさんも、去年の梅雨があける直前に亡くなったんだ。呆気なかったな」

ふと、壁に掛けられた丸い時計を見ると、とっくに十二時を過ぎていた。いつもなら寝ている時刻だが、孝志はまだ眠くならなかった。ここについてすぐに居眠りをしたからだろうか。

「とにかく、ミケはびっくりするくらい長生きをしてる猫なんだ」

「だからここは猫喫茶なんですか？」

「……それも話すと長くなる」

進次郎は困ったような顔になった。「それに、嘘じゃないが、信じにくい話になる。まさに荒唐無稽なんだ。……じいさんがこの店を継いでくれと言ったし、それまでだって俺はこの店を手伝うくらいで勤め先があったわけでもなかったから、初七日が済んでから、ためしに営業を再開して、駄目だったら廃業しようと思って準備をしていたんだ。そうしたら、じいさんの亡くなった日から姿を見せなかったミケが、ひょっこり帰ってきた」

　そこで進次郎は深く溜息をついた。溜息をついてばかりいるな、と思ったが、昼間は猫になってしまう生活をしていたら、あまり明るい気持ちになれないのかもしれない。猫になるにしても自分の意思で人間に戻れるならともかく、そうではないらしいから、困ることも多いだろう。それくらいの想像はついた。

「じいさんが死んだからもうミケはこの家に来ないかと思っていたんだが、その日はいつもの餌場にいたんで、俺は餌をやろうと思ったんだよ。そうしたら、ミケはものすごい声で鳴いて、俺を威嚇した。まるで俺がじいさんをどっかにやっちまったと思ってるみたいだった」

「ミケさんは、おじいさんが大好きだったんですね」

「そうだろうな。毎晩一緒に寝てたし、じいさんが休憩をとると、ずっと足もとにまとわりついてたからな。……前は猫喫茶じゃなかったが、ここに来てた常連客はみんなミケのことを知ってる。ねこちゃん、ねこちゃんって可愛がってた」

「猫店員にミケさんはいないんですか?」

「いない。……あいつは俺に怒って……ここからが信じにくい話なんだが」

　進次郎は口ごもった。「ミケが、急に人間に変わったんだ」

「……はあ」

　孝志はうなずいた。「お兄さんが猫になるのと反対に、そのミケさんは、猫から人間になったんですか……」

「そういうことだ」

進次郎は、何故か怪訝そうに孝志を見た。「君、意外と驚かないな」

「いや、驚いてますけど、充分に」

といっても、語られているだけで、目の前で猫が人間に変わるのを見たわけではないので、驚くといっても、さほどの衝撃はない。

「それで、ミケさんとお話ししたんですか？」

「話したというか……一方的に罵られたな。ミケは俺を怒鳴りつけた。ご主人さまのだいじな孫だと思って今まで大目に見てきてやったが、もう我慢がならん、とな。俺はとにかく、ミケが人間に変わったのも驚いたし、いきなりそう怒鳴られて、わけがわからなかった。ぽかんとしていたら、ミケに鼻をつままれて、そのままデコに頭突きされて、俺は気を失ったんだ」

孝志は言われた通りに想像してみた。頭突きとは、意外だった。しかも鼻をつまむとは。

「で、次に目がさめたら、俺は猫になってたんだ」

「いきなりですね」

「ああ、いきなりだった」

進次郎は頭をがしがしと掻いた。「最初は夢でも見てるのかと思ったが、……家の中をうろついても、全然目がさめん。開店準備はしていたが、看板を出してなかったので客はこなかった。まだ忌中の紙も剥がしていなかったしな」

「そういえば、僕が来たときも看板が出たままでした。扉に休憩中の札はかかってましたけど」

「そりゃ札だけかけて、看板をかたづけるのを忘れたんだ」

進次郎は弁解した。「あとでしまいに行かないと。……とにかく、俺は朝の早いうちに開店準備をしてたんで、うろうろしてるうちに腹が減ってきて、ミケの餌場に行って試してみたら、餌が食えた」

「それは……よかったですね」

ほかに言うべき言葉が見つからない。

「年寄り猫だと思って高い餌をやってたのによ……それで、俺は餌を食ってから、仕方がないんで外に出てみたんだ。店が心配だったが、いい天気だったんで、つい、な。あんまり気にならなかったのは猫だったからかもしれんが……それでうろうろしてたら、いろんなところで猫に会う。まあ、俺も猫になってたからなんだけど。このあたりにこんなに猫がいたのかと思ったが、会うたびに猫と話していたら……」

「猫と、話せたんですか？」

興味が湧いて尋ねると、進次郎は眉を片方だけ上げた。

「ああ。……君、だいぶん興味がありそうだな」

「そりゃ、猫と話せるのはすごく便利そうです。さっき、ごはん食べるときに猫が寄ってきてじっと見られて、ちょっと怖かったので」

「まあそれもそうか。しかし、どうも君は猫を寄せつける体質のようだが……」

「えっ。でも今まで、あんなふうに猫に寄ってこられたことはないですよ。きっと猫店員さんがふつうよりひとなつっこいんじゃないですか？」

「そうかな。あいつらは俺が声をかけて集めた店員だが、気まぐれでなぁ……」

進次郎はちょっと笑った。「猫と話すといっても、会話が噛み合わないことが多いんだ。こっちが訊いたことに答えてくれないなんてざらで、あっちから話しかけてきて答えても、それに対して何か返してくるわけでもなくて、別の話をし始めたりする。意思の疎通がむつかしくて」

「猫店員さん、それでよく来てくれてますね」

「餌が食えて水が飲めるから、餌場だと思ってるやつもいそうだ」

営業中はあんなにいた猫店員だが、今は一匹もいない。客がいなくなり、閉店だぞ、と進次郎が言った途端、一匹、また一匹と去っていったのだ。

「とにかく、猫に変わった日はもう二度と元に戻れないと思ってたんだが、陽が暮れたら戻ったんだ。外にいたときだったから焦ったが、……それで、家に戻ってきて、その日はとにかく寝ようとしたけど、寝つけなくてな。明けがたに寝て、目をさましたらまた猫になってたんだ。どういうことなのかと思って店を出ようとしたら、ミケが庭にいて」

そこで進次郎は、つけていたエプロンのポケットをごそごそと探った。しばらくさぐったのち、何かを掴み出す。

「これ」

ころん、とテーブルに転がったのは、宝石のようなものだった。

「なんですか？」

虹色にきらめくそれにはいくつかの角《つの》があり、多面体のサイコロのようでもあった。

「これは結晶だ」

「結晶……」

そう言われてみれば、何かの結晶に見えなくもない。

「ミケは、俺に呪いをかけてやったと言う」

「呪い、ですか。ミケさんはもしかして、猫又とか化猫ですか？」

「本人はそう言ってたな」

あっさりと進次郎が肯定した。「猫又らしい」

「しっぽはふたつでした？」

「いつもは隠してると言っていた。……君、ほんとに驚かないな」

「だって、……その」

そこで孝志は言い継ぐのをためらった。なので話を戻す。

「呪いをかけるなんて、ふつうの猫にはできないと思ったんですよ」

「まあそれもそうか。で、俺はミケに、なんでこんなことしたんだよ、と訊いたら、『おまえがまったくろくでもないやつだからだ』と怒ったんだ。ミケはもともと、じいさんしか好きじゃなくて、じいさんの娘だろうが孫だろうがよく思ってなかったんだよ。それで、俺がじいさんに迷惑をかけて苦労させたから呪ってやったと言うんだ。……ぐうの音も出なかったな」

「お兄さんは、おじいさんに苦労させたんですか？」

「……と、思う。それこそ、高校で俺、ちょっと悪いやつだったからな。卒業はなんとかできたが、進学も就職もしなくて、二十歳になるまで店の手伝いもろくにしなかったし……」

つまり、と孝志は考えた。

猫のミケが進次郎を呪ったあげく、その呪いが当人にきちんと届いてしまっている状態なのだ。

呪われる対象のあずかり知らぬところで呪っても、呪いが届かない場合のほうが多いはずだ。少なくとも孝志は、両親からそう聞いていた。

ただ例外として、特殊な、確実に届く呪いがあるらしいが、それは呪われた対象を殺すために人間がつくり出した呪いだから、猫又が扱えるものではないはずだ。

「その呪いを解くためには、おじいさんに苦労なんかかけてない、と、お兄さん自身がミケさんの呪いが言いがかりだと思わないと無理だと思うんですが」

「だけど、言いがかりじゃないからなあ……」

進次郎は気弱げに呟いた。「俺はじいさんに、警察に迎えに来てもらったことがあるし、二十歳を過ぎてから専門学校に行くために金も出してもらったし……」

「それは苦労をさせましたね」

孝志が言うと、う、と進次郎は唸った。

「手厳しい……」

「あ、すみません。……でも、そのミケさんに呪いを解いてもらうことはできないんですか？」

「それで、これだ」

進次郎は、テーブルをとんとんと叩いた。軽く結晶が弾む。

「これは、なんなんですか？」

「人間が、つらかったり、しんどかったりするとき、何かで癒されることがあるのは、わかるか？　問題が解決していなくても、気が楽になる、って感じらしいが……」

「はあ……」

さすがに孝志はきょとんとした。そういうこともあるかもしれない、程度にしか思えない。

「猫のそばにいると、そういうしんどさや、つらいことが、解決しなくてもある程度、慰めになるというか、癒されるというか……そうらしいんだよ。そうすると、本人の抱えた鬱屈が抜け落ちるんだ。それが、これなんだと」

そこで進次郎は、恥ずかしげな顔をした。頬骨の上が少し赤くさえあるので、照れているのが孝志にもわかった。

「……つまり……？」

首をかしげると、進次郎はぐぬぬと唸った。顔が真っ赤になっている。

「ひとを癒したら、こういう結晶ができる……それを集めないといけないんだ！」

「集めたら、どうなるんですか？」

「……君、冷静だな」

進次郎は顔の赤みを残したまま呟いた。何を照れているのか、孝志にはさっぱりわからない。怒っているわけではないのはわかるのだが……

「ひとを癒すとか、恥ずかしすぎる」

「えっ？」

孝志はますます首をかしげた。「恥ずかしい……とは」

「俺はそんなご大層な人間じゃない。ひとに親切にしたり、やさしくしたりとか、意識してできそうにない。なのに、この結晶は、ひとの悩みや苦しみを少しだけでも軽く感じるようにさせないとできないんだ！」

「ええっと」

孝志はかしげた首を元に戻した。「お兄さんはやさしいと思いますよ」

そう言うと、進次郎はがしがしと頭を掻いた。が、すぐにハッとしたような顔をして、乱れた髪を直す。

「君は俺のことを誤解している。俺は決してやさしい人間じゃない」

「やさしくないのに、突然来た弟に、一緒に住んでもいいよとか言わないと思いますけど……」

「それは俺の都合もあるからだ。一緒に住んでもらったら、俺にもメリットがある」

「でも、僕に、言ったじゃないですか。高校に行ったほうがいいって」

「それは常識として」

「じゃあ、やさしいんじゃなくて、常識がある、ってことでいいですけど……常識のあるひとなら、疲れてるひとにやさしくしたりしても、おかしくないと思いますよ」

孝志が言いつのると、進次郎はぐぬぬと唸った。

「そうか……そうか、俺は常識人……」

「まあ、常識的なひとは猫にならないでしょうけど」

孝志の言葉に、進次郎は押し黙った。目を白黒させている。

「君、……その、上げては落とすのは癖か。そういう性格か。それとも天然なのか」

「そんなつもりはなかったです。ごめんなさい」

進次郎の気分を害したのだろうか。孝志が謝ると、進次郎は神妙な顔をした。

「何をしたかわかっていないなら、そんなに簡単に謝るな」

言葉が厳しい。怒らせてしまったのだろうか。しかし、進次郎から怒気は感じられなかった。

「……でも、いやな思いをさせてしまったなら、謝ったほうがいいかなって思ったんですけど」

「いやな思いをしたというか……俺は、単に、その、……くそ、恥ずかしいだけだ。自分のような、ろくでもない人間が、やさしいとか言われると虫唾《むしず》がはしる」

それはいやな思いではないのだろうか。孝志には、わからなかった。

「それに、高校に行けと言ったのは、君のような、ものを知らなさそうな子どもがそのまま世間に放り出されたら、悪い大人にくいものにされそうだと思ったからだ」

「つまり、お兄さんは、僕をくいものにするような悪い大人ではないってことですよね。それは、いいひとってことでしょう?」

孝志が言葉を重ねると、進次郎は絶句してしまった。

どうやら進次郎は、やさしいとか、いいひとだと言われるのが苦手のようだ。

「と、とにかく……ひとの鬱屈の結晶、というらしい、これは」

進次郎は気を取り直したのか、説明をつづけた。

「はあ。それが何かの役に立つんですか?」

「これを集めると、あることができる。ミケは、それをすると呪いが解けるかもしれないと言ったんだ。説明がしづらいから、必要なだけ集まったら教える」

「わかりました」

孝志がうなずくと、進次郎はホッとしたような顔になった。

「とにかく、……お客さんが帰ったあとで、椅子の上とか、テーブルの上にこれが載ってるときがある。お客さんが帰ったら、テーブルをかたづけるときに気をつけて見てくれ」

あまりにも真剣に告げる進次郎に気圧《けお》されて、孝志はただ、うなずくしかできなかった。

風呂は寝る前に入りたい、と進次郎が言うので、孝志は先に使わせてもらうことになった。

そんな話をして初めて、孝志が着替えも何も持っていないことに気づいた進次郎は、まず孝志を二階へ連れて行った。

孝志が休憩のときに食事をしたテーブルの脇にある通路の先には店のトイレがあり、さらに奥には「ＰＲＩＶＡＴＥ」の札がかかった扉があって、そこから住居部分に入れた。そこで玄関のように靴を脱ぐのだ。

上がると廊下で、その右手に台所、左手には階段があり、その横は和室のようで襖がある。台所のさらに先がトイレや風呂などの水回りだ。廊下の突き当たりには裏口らしい扉が見えた。

店の厨房でパック詰めにしたごはんを台所の冷蔵庫の冷凍室に入れてから、進次郎は二階へのぼる階段に向かった。

「寝るのは二階でいいか。母さんが使ってた部屋だけど」

そう言いながら階段を上がっていく進次郎のあとに、孝志はつづいた。

「お母さん……お兄さんの」

つまり、父が母より以前に結婚していた相手だ。孝志はなんとなく緊張した。

「ちょっといやかもしれないが、気にしないでくれ」

階段を上がりきって、部屋の扉をあけたところで進次郎は振り返った。「べつに俺の母親は、親父のことを恨んじゃいなかったし……もともと、正式に結婚していたわけでもないしな」

「えっ」

進次郎が先に部屋に入り、あとにつづこうとしていた孝志は、驚いて足を止めた。

「そうそう。俺はもともと親父とは姓が違う。小野はじいさんと母さんの姓だ。親父だけ違う姓なのは、小学校のときにわかったな」

部屋は和室だった。障子戸の閉められた窓があり、古い箪笥《たんす》が置かれている。ほかには襖があるだけで、何もなかった。進次郎は襖をあけた。そこは押し入れで、中には布団が詰まっていた。

「これも、……母親が使ってた布団だ。一応、たまに干してるし、友だちが泊まりに来たときに使ったこともあるが、なんともなかったし……」

「その、お兄さんのお母さんは、僕なんかが使っていいと思うんでしょうか」

「気にしないと思うぞ」

進次郎は押し入れから布団を出すと、手早く寝床を準備し始めた。敷き布団にシーツをかけて、孝志に手順を教える。シーツの洗い替えや洗濯についてもそれとなく忠告してくれて、とてもありがたかった。

「まあ、君は気になるか?」

枕をぽんぽんと叩いて、進次郎は問う。孝志はそばで膝をついてそれを眺めていたが、そうですね、と呟いた。

「気になるといえばなりますが、寝るころには忘れていそうです」

「そのほうがいい」

進次郎は、ちょっと困ったような笑い顔で孝志を見た。

進次郎の祖父が老齢にさしかかったころ、家の設備が古くて使いづらかったために、住居部分の大半がリフォームされていて、家屋自体は古いが、風呂やトイレ、キッチンなどの水回りは最新のものになっており、孝志は戸惑わずに使えた。

その後、入浴や着替えのほか、なんやかんや生活のことについて、孝志は進次郎と話し合った。高校については、春の大型連休前に休学中の高校に連絡をとって、近くの高校に編入できないか問い合わせてみることでけりがついた。

ほかにも、洗濯のタイミングや、自分の身の回りの始末のことなども、進次郎と話し合った。

進次郎は自分をいい人間だと思われるのがいやなようだが、いろいろな生活のルールを、一緒に暮らす前にひとまず決めて、臨機応変に変更していこうなどと、会ったばかりの弟に提案する人間が、いい人間でないとは孝志には思えなかった。

兄について、孝志は父に聞くたび想像を膨らませるだけだったが、もちろん、まったくの善人であるとは思わなかった。一緒に暮らすことを承諾されても、孝志に対して威丈高な態度に出たり、暴言を吐かれたり暴力を振るわれたりする可能性も考えなくはなかった。なんといっても、父が置いてきた息子である。父を、ひいては父と暮らしていた見も知らぬ弟を恨んでもおかしくはないだろう。

だが、そうしたマイナスの想像とは何もかも違っていた。孝志は進次郎に対して兄だという意識があったが、おそらく進次郎は、孝志を、よその子を預かった、という認識でいるようだった。

孝志が風呂から出ると、台所にいた進次郎に、つづいて入るからもう寝ていいと言われ、孝志はおやすみなさいの挨拶をして二階の部屋に引きあげた。

和室の電灯は、頭上にひとつあるものを、紐で引っ張ってつけるタイプだ。だから部屋に入るときは暗いままだった。孝志は気にせず入って電灯をつけ、寝る準備をした。持ってきたデイパックは枕もとに置いてある。もし本当に高校に行くなら、預けてある細々とした荷物を引き取らないといけないだろうと考えながら布団に入る。家具はだいたい処分したが、筆記用具や服、その他の私物は、まとめて個人向けの倉庫に入れてしまった。インターネット上で引き出す手つづきはできるはずだ。

進次郎は昼間に猫になってしまうため、仕入れや生活用品のほとんどをインターネットで購入していたというから、わけを話せば使わせてくれるだろう。

孝志は電灯を消し、真っ暗になった中で布団に横たわる。少し寒さを感じていたが、疲れもあって、あっという間に眠りに落ちた。

*

どれくらい眠っただろうか。気がつくと孝志は、また、あのテーブルに座っていた。頭上で花のようにひらいた電灯に照らされたテーブルには、孝志だけでなく、ほかの誰かもついていた。

「ねえねえ」

その誰か、——長い髪を肩に垂らした女性が話しかけてくる。いくつくらいだろう。若くも、歳を取っても見えた。

「はい？」

「あなた、イズミさんの息子さんなの？」

イズミさん、というのが誰かわからず、孝志はまばたいた。孝志の母も泉《いずみ》という名前だったが、母のことではないような気がした。

「ええっと……」

「よくお顔を見せて」

彼女はそう言うと、孝志の肩をがっと掴んで、まじまじと顔を覗き込んだ。強い光をたたえた双眸が、じっと孝志を見つめる。孝志も彼女を見返した。どこかで見た顔だな、と思った。

「ちょっと似てるわ。奥さんにも」

「僕の母をご存じなんですか？」

「うん、まあ。……奥さんには一度しか会ったことないけど」

彼女は孝志から手をはなすと、笑った。明るい笑顔だった。

「進ちゃんの弟なのね、あなた」

「はあ……」

孝志は改めて女性を見た。

昼間の休憩のときに見た夢と違い、彼女の頭に耳はついていなかった。

「魔除けのお札みたいな子ね、あなたは」

孝志はぎょっとした。それは、両親にも言われていたからだ。魔除けのお札だから、きっと何が起きてもだいじょうぶだと。

だが、それは孝志本人がだいじょうぶというだけで、周りの人間に何も起きないという意味ではない。両親はそれで死んでしまったのかもしれないと思うことがある。事実はわからない。

「ええっと……もしかして、お父さん……父もご存じなんですか」

「うん」

彼女はうなずいた。「わたしはあなたのお父さんをイズミさんって呼んでたわ。あのひと、お名前は、って訊いたら、イズミ、って答えたから。でもあとでわかったけど、奥さんの名前だったのよねえ。何度も呼んでたから思い出せたんだろうなって、あとでわかったわ」

「思い出せた……とは」

朗らかに彼女は笑ったが、孝志はまばたいた。父の顔を思い浮かべる。父は孝志を可愛がってくれた。もちろん母もだが、……

「悲しいのね」

思い出すと目が潤んだので、孝志は慌てて顔を擦った。

「死んじゃったから……淋しいし、悲しいです」

孝志が素直に言うと、彼女はうなずいた。

「そうでしょうね。……進ちゃんのところに来たのは、どうして？」

「お父さんが、何かあったらお兄さんを頼りなさいって言ったから……」

「よくわからないわよね、それ。進ちゃんもだいぶんまともになったけど、前は本当に甘ったれで何もできないくせに粋がってる、中二病の塊みたいな子だったのよ」

兄を貶《けな》されて、孝志はなんとなくもやもやした。

「お兄さん、いいひとですよ」

「そりゃあ、そうよ。でも、あんなことになって、困ってたんだもの。あなたが来たのは都合がよかったのもあるわ。渡りに船ってやつね」

「それは僕も思いましたけど、でも、いきなり来た、会ったこともない弟に、よくしてくれるから……いいひとだと、僕は思います」

進次郎にとって自分が「都合のいいひと」でも特にかまわないと孝志は思う。実際に孝志は、一緒に暮らしてもいいと言われて助かっている。

「そうみたいね。びっくりだわ」

彼女は肩をすくめた。「わたしが一緒にいたのは、あの子が高校生までだしね」

孝志は改めて、まじまじと彼女を見た。

彼女は、にゃあ、と笑んだ。

「わたし、進ちゃんの母親よ」

「……そ、そうですか」

亡くなった人間が夢に現れているのだ。孝志はそうのみ込んだ。

「怖くない？」

「……微妙に」

「あら。微妙なの」

彼女は意外そうに目を瞠った。

「まあ、……なんというか……死霊とか、僕は見たことないですが、いないわけではないこともわかっているので……」

孝志は曖昧に答えた。

「幽霊じゃなくて死霊って言うのね。イズミさんと同じだ」

「その……なんかすみません」

孝志が謝ると、彼女は首をかしげた。

「何が？　いきなり押しかけてきたこと？」

「それもありますけど……その、僕がいたらいやなんじゃないかなって」

「そんなこと気にしてたの」

あはは っと彼女は笑った。それからテーブルに頬杖をつき、目を細めて孝志を見つめる。

「イズミさんは、あなたに進ちゃんの話はしていたのよね」

「はい」

「わたしの話は？」

「……すみません。聞いたことがないです」

「そりゃそうか。奥さんがいたんだし」

「あの……奥さんっていうのは、……僕のお母さんのことですか？」

「そうよ。イズミさんは、最初からあなたのお母さんと結婚してたの。でも、事件に巻き込まれて、いろいろなことが思い出せなくなってるときに、わたしと知り合ったのよ。それで、うちに連れてきて……七年くらい、暮らしたかなあ」

孝志はただただ驚いた。父に、母親の違う兄がいると教えられ、その後、ものがわかるようになってから、父は誰かと離婚して母と再婚したのだと思い込んでいたのだ。

「身元がわかるものを何も持ってなかったし、警察で調べてもどこから来た誰かわからないっていうから、うちで預かることになったのよね。わたしの母が亡くなる前後の話だけど。それで、うちの手伝いをしてもらってるうちに、わたしが、このひとならいいかと思って……」

そこで彼女は言葉を濁した。なんとなく大人のいきさつを察して、孝志はあえて促さずにおいた。

「奥さんが迎えに来たときはびっくりしたわぁ。でもちょっとホッとした。イズミさん、思い出せないことが多くてつらかったみたいだから。奥さんと会ったらすぐに、イズミ、って名前を呼んでたから、ああ、わたしたちの役目はここまでだなって思ったのよ」

なんだか孝志は胸の奥がざわざわしてきた。両親は仲がよかったと思う。だが、その陰に彼女や兄がいたのだ。そう考えるとなんだかつらかった。

「その……」

「いなくなって何年かしてから、手紙をもらって。しばらくはだいじにとっておいたんだけど、どこにやっちゃったかな。それで、あなたが生まれたのを知ったのよ。妙な気持ちだったわ。進ちゃんには言えなかったし。あの子は、イズミさんがいなくなってから、お父さんなんていなかった、大嫌いだ、と言っていたから、ちょっとね」

「……やっぱり、お兄さんはいいひとですね。……なんだか、申しわけない……」

「あら、どうして」

孝志の言葉に、彼女は目を丸くした。

「だって、お父さんのことを大嫌いだったら、僕が弟で、一緒に暮らしてほしいなんて突然現れたら、ふつうはいやなんじゃないんですか。なのに、親切にしてくれて」

んふっ、と彼女は鼻音でわらった。

「大嫌いっていうのは、大好きってことよ。大好きなのに、自分を置いていったから、怒ってたの。進ちゃんがあなたをどう思ってるかはわからないけど、あの子はお父さんが大好きでね。だからイズミさんがほかの女のひとのところへ行ったと思って、ひどく傷ついたみたい。ちゃんと、もともと結婚していた相手がいたって、教えたんだけど、そうしたら余計に思い詰めちゃって……思春期のころは扱いづらかったわ」

のんきな言葉に、孝志はまた、もやもやした。進次郎は、自分の都合があるとはいえ、概ねやさしくしてくれた。そんな彼が幼いころに親の勝手で傷ついたかと考えると、気の毒でたまらなくなってくる。

「ずいぶん、勝手ですね」

孝志は思わず呟いた。しかし彼女は怒りもせず、ニヤニヤした。

「そうね。それは、わかってるわ。こんなろくでもない母親だったのに、進ちゃんはいい子に育って、ありがたい話よ。おじいちゃんの世話もしてくれて。……だから、本当に申しわけなくって」

彼女はふいに、真顔になった。孝志は、おっ、と思った。真顔になると、進次郎に似て見える。

「だからね、あなたが来てくれて、ありがたいの。あの子、いろんなことを後悔してるし……あんな身の上になっちゃったし、これからどうするか、悩んでたと思うから、あなたがそばにいてくれたら、とてもいいと思うんだよね」

「僕……お兄さんの役に立てますかね」

「たぶんね」

彼女は微笑んだ。明るい、やさしい笑顔だった。進次郎を思い出させる笑顔だ。

「そうよ、わたし、あなたにお礼を言いたくて来たの。進ちゃんのこと心配だったから、なかなか踏ん切りがつかなかったけど、これでやっと思い残しがなくなったわ」

「え」

「あなたもご両親を亡くしたばかりでたいへんだと思うけど、うちの息子は、ちょっとは頼りになるはずだから。……よろしくね」

彼女の声が遠くなる。周りが暗くなって、孝志はゆっくりと意識を失った。

二

三日月の猫

孝志が目をさましたのは昼近くなってからだった。トイレに行きたくて目をさまし、次いで空腹を感じた。

暗い中をゆっくり起きて、電灯をつける。布団を畳み、押し入れにしまってから階段をおりてトイレに行った。

用を足してから、さてどうしようと廊下に出ると、にゃあん、と猫の鳴き声がした。そちらに行こうとすると、廊下の角を曲がって、白い猫がやってくる。

「お兄さん？」

近づいてきた白い猫は、ちょこんと座って孝志を見上げた。そういえば、今後の話はいくらかしたが、きょうはどうするかなどは聞いていない。何よりお腹が空いていた。考えてみれば、昨夜はオムライスのあとからは何も食べていない。

「あの。朝ごはん……」

問いかけると、白猫はすいっと立ち上がり、とてとてと台所に入っていく。そのさまがひどく可愛らしくて、孝志はにこにこしながらそのあとにつづいた。

台所はまだ新しく、カウンターで分けられており、奥がキッチンで、手前にテーブルがある。椅子は二脚しかない。テーブルはかたづいていたが、何かの紙が置かれていた。白猫はぴょいっと椅子に跳びのり、さらにテーブルに上がると、紙の上に手……ではなく、前肢を置いた。

「……」

孝志はその紙に何か書かれているのを見て、紙の端を摘まみ、猫の手の下からするっと抜いた。

「ごはんは昨日の冷凍したものを温めて食べてください。おかずは、何か適当につくってください。たまごとベーコンがあります。一昨日に買った野菜サラダもあります。食器はざっと洗って、食洗機に入れてください。夜に洗います」

紙に書いてある文章を孝志は読み上げた。字はやや荒いが読み取れないほどではない。少し丸っこさを感じた。これをあの兄が書いたのかと、孝志は紙から視線を移し、テーブルの上に鎮座している白猫を見た。

「ありがとうございます」

孝志が礼を述べると、白猫はちいさく口をあけた。ニャー、という声がかすかに聞こえた気がした。

ベーコンエッグをつくり、電子レンジで温めたごはんで食べた。

冷凍庫には、作り置きのおかずや、きちんとチャックつきのパックに入れて日付の書かれた肉なども入っていた。几帳面だな、と孝志は感心した。孝志も両親がいたにしろ、ほとんどひとりで過ごしたので、こういう生活の知恵はある程度、身についている。

手紙の指示通りに、食事のあとで食器を洗い、調理台の下の食洗機に入れた。洗いものまで済ませ、ほかには何をしよう、と考える。

「何をしたらいいですか？」

孝志が食事をするあいだ、白猫はテーブルからおりて、椅子の上に寝そべっていた。それに声をかけると、白猫はぴくりと身を起こす。またかすかに鳴いて、ぴょいっと床におりた。

それからもそそと歩き出す。

孝志は白猫について廊下に出た。

そのあとは脱衣所の洗濯機を示されて、中の洗濯物を取り出した。どこに干すかと思ったら、また白猫が歩き出すので、洗濯物を入れた洗濯籠をぶら下げてそのあとについていく。白猫は階段を上がった。

上がった先で孝志の寝ていた和室に入って、障子の前に立つ。孝志が障子をあけると硝子戸で、その向こうは雨戸が閉まっている。硝子戸と雨戸をあけるとベランダだった。部屋の隅に置かれていたハンガーなどで洗濯物を干す。

白猫はほんとうに猫で、人間の言葉をしゃべったりはしないが、孝志が尋ねると行動で示してくれた。それに昨夜のうちに、もし家事をできるならやってほしいと言われてもいたので、そういうことなのだろうと察しただけだ。やっぱり、猫の考えはわからない。

洗濯物を干し終えると、白猫は満足そうな顔をして、再び階下へおりるよう孝志を誘《いざな》った。

白猫が店へ向かうので、孝志はそのあとへつづいた。

カウンター席の椅子は少し高い。白猫はその足もとで半ば立ち上がって引っ掻くようなしぐさをした。孝志はそれを、上にのりたいのだと思って抱き上げる。びくっと白猫の体が硬直した。驚いたようだ。

「すみません」

目線を合わせるつもりでカウンターにのせると、白猫はなんとなく、複雑そうな顔つきになった。しばらく、非難するような目つきでじっと孝志を見ていたが、すぐにふいっと顔をそらし、とてとてとカウンターの上を歩く。それからカウンター内の調理台にぴょいっととびおりた。

そこで、壁のほうを向いてニャーと鳴く。

見ると、そちらは食器棚で、上にはカップや皿が納められているが、中ほどには炊飯器が置かれていた。孝志は近くの入り口からカウンターに入り、調理台に近づく。

白猫は孝志を見てから、炊飯器を見て、また鳴いた。

きのう、孝志はオムライスを食べさせてもらった。店じまいのときに、進次郎は残ったごはんをパックに詰めて炊飯器の釜をきちんと洗って元に戻していた。蓋をあけて見ると、中には釜しか入っていない。つまり、お客さん用の米を炊けということだろう。

「お米を炊くのはいいんですが、どこにあるんですか?」

孝志はそう言いながら白猫を振り返った。すると白猫はちょっとびっくりしたような顔をしていた。指示しておきながら通じるとは思わなかったと言いたげに見えた。

白猫は、次に冷蔵庫のほうを見た。台所にあるのとは違い、かなり古いタイプの、上に冷凍室、下が冷蔵室で、いちばん下が野菜室の冷蔵庫だ。孝志が冷蔵室の扉をあけると、中には米びつが入っていた。

孝志が米びつを取り出すと、白猫は満足そうにうなずいた。

「で、何合炊けばいいんですか?」

米びつを調理台に置き、孝志は炊飯器の釜をシンクに入れた。米びつの中に入っているカップで一杯掬い、釜に入れる。それを五回繰り返し、六回めで白猫が、もういい、というように鳴いた。

「五合でいいんですか？」

問うと、白猫はゆっくりうなずいた。

五合の米を研いで、炊飯器にセットする。すぐに炊くべきだろうか。しかし営業は夕方以降だ。白猫を見ると、何か言いたそうではある。

孝志は改めて、炊飯器を見た。タイマーのボタンを押すと、液晶の表示が18:00になった。おそらくこの時間に炊き上がるようにしたいのではないか。

「十八時でいいんですか？」

問うと、白猫はかすかに鳴いた。たぶんいいはずだ。そう考えて孝志はタイマーをセットした。

「他に何か、することはありますか？」

調理台の前に立って白猫に問いかける。座っていた白猫は、立ち上がると孝志に近づいて、のばした前肢をそっと腕にかける。孝志は反射的に腕をのばして白猫を抱き上げた。今度はびっくりされなかった。白猫も、うまいこと腕の中で丸くなる。

これまで、孝志は動物を飼ったこともなければ、学校や、動物園のふれあいコーナー以外でほとんどさわったことはなかった。友だちの家に犬や猫がいたことはあったが、撫でるのもまれだった。

こうしてきちんと猫を抱いてみて初めてわかったが、まるで液体の入った袋のようだ。決して太っているわけではないし、昨夜、店に来た猫店員たちにはもっとまるまるとした猫もいたが、白猫はぐにゃぐにゃしているように感じられた。

孝志はカウンターを出た。猫が顔を向けたので、店から出る。天気はよくて、陽がよく照っていた。風が吹くと少し冷たいが、それでもそよ風だ。

白猫がずっと前を向いているので、孝志は門から外に出た。

そこで白猫は、にゃあ、と鳴いて、孝志の腕を軽く引っ掻いた。何か気に障ったのだろうか。孝志は少し慌てた。顔を覗き込むと、白猫は大きな目でじろりと孝志を見た。

「おりますか？」

問うと、どうやらそれが希望だったようだ。目が細くなった。孝志は白猫を足もとにそっとおろした。

にゃっ、と足もとで白猫は鳴く。それから、くるりと孝志に背を向けて、とっとっとっ……と歩き出した。

孝志がついていこうとすると、足を止め、くるりと振り返り、低い声で鳴く。これはついてくるなということか。そんな気がして、孝志はとまった。白猫はそれを見ると、満足そうな顔をして、前に向き直り、歩き出した。

白猫はやがて、交差点の角を曲がっていった。


白猫がいなくなったので、孝志はまた店に戻った。

といっても何もすることがない。

昨夜、進次郎と話したのはこれからについてで、きょうから孝志のするべきことが何かについては、大雑把にしか聞いていなかった。生活のルールだけはある程度のみ込んでいたが、それ以外は何をすればいいのか。

ひとまず孝志は、店を通り抜けて奥に戻った。電話を探す。休学中の高校に連絡を入れて、転入についてどうするべきか尋ねようと思ったのだ。

台所に電話はない。和室の襖をそっとあけて中を覗いてみたが、いわゆるお茶の間のような和室で、大きなＴＶが片隅に置かれていた。向かい側にも襖がある。入っていいものかと少しためらったが、時間を持て余しそうだったので、探検することにして、和室に踏み入った。横切って、向かいの襖をそっとあける。

中はやはり和室だった。窓はあったがカーテンが引かれており、薄暗い。壁沿いにベッドが置かれている。古そうな書きもの机が窓の下にあり、周りには何冊か本が積まれていた。どれも古そうだ。ベッドと逆の壁ぎわには襖があり、その前に背の高い書棚がある。何冊も本が並んでいたが、大きな広辞苑が目を引いた。第三版と背に書いてある。ひどく古そうだ。

ぐるりとひととおり見まわしたが、この部屋にも電話はなかった。孝志はそっと襖を閉め、再び和室を横切って廊下に出た。襖を閉めていると、裏口から、何かカリカリと引っ掻くような音がした。

孝志はハッとして裏口を見た。裏口の扉は木製だ。少し怖いような気もしたが、近づいて把手を回し、ボタン式の鍵をあける。扉を外に押しあけると、そこには黒猫が座っていた。

「猫さん……店員さん？」

真っ黒な猫だが、よく見ると首のあたり、顎の下だけがわずかに白い。目は金色で、瞳孔は毛並みと同じで真っ黒だった。

「お店はまだだよ」

孝志が笑って話しかけると、黒猫はひどく胡散臭そうに孝志を見上げた。うにゃん、と鳴くが、なんとなく不服そうだ。

黒猫はしばらくじいっと孝志を見つめていたが、ふいっと顎を逸らした。呼ばれている気がして、孝志は三和土《たたき》に置いてあった健康サンダルをつっかけた。

「何か用なの？　おなかすいてるとか？」

にゃっ、と黒猫は怒ったような声をあげた。顔が険しいし、目が黒々としている。それでも、ついてこい、とでも言っているように聞こえて、孝志は外に出た。

裏口の外は庭だった。道路に面した部分には薄い緑色の車が停まっている。進次郎の車だろう。その向こうはアコーディオン式のフェンスが閉まっていた。隣家と面した側は生け垣になっていて、隣家の二階が見えるだけだ。しかも建物からかなり離れていて、家屋の手前には畑があるようだった。

まだ春先なので、庭は草は生えているがそれほど荒れた景色でもなく、その中をとてとてと黒猫は歩いて行く。

「猫さん？」

黒猫が向かっているのは奥まった庭の片隅だ。そこに何かある。孝志は不思議に思って黒猫のあとからそれへ近づいた。

「祠《ほこら》……？」

ちいさな社殿のようなものが置かれている。石造りで、扉がついていた。その周りは草も生えていない。きちんと手入れされているようだった。

黒猫はその前まで行くと、くるりと振り向いて、ちょこんと座った。

それから、孝志を見て、にゃっ、と鳴く。近づきかけていた孝志は思わずその場で立ち止まった。

「な、なに？」

孝志が思わず声をあげると、黒猫はそこでくるりと祠に向き直った。

祠に向かって、猫は、うにゃっ、と鳴いた。

すると、ふいにその姿がむくむくと大きくなる。

孝志は呆気に取られつつも一歩下がった。

もはやそれは黒猫ではなかった。真っ黒な服を身に着けた、ひとの姿だった。

それが、孝志に向き直った。


孝志は驚きのあまり、声も出せないまま、口を開けっぱなしにしていた。

振り向いたのは、長い黒髪の男だった。驚くほどその容貌が美しい。きつくきりりとした瞳は金色をしている。通った鼻梁とあかい唇。顔が白いせいで、唇の色が目立っていた。まっすぐな黒髪が、一筋、頬にかかっている。

身に着けているのは黒い洋服だ。スーツのようにも見える。襟だけが白いが、あとはみんな黒だった。黒い手袋もつけていた。

「何を阿呆のように口を開けっぱなしにしている」

男は、低い声で唸るように言った。

「は、え、……はい……」

叱りつけられた気になって、孝志は慌てて口を閉じた。

「貴様、あの男の息子だな。一目でわかったぞ。顔が似ている」

「あの男……」

「この家にいた、イズミとかいう男だ。進次郎の父親だ」

「あの……お父さんを、知ってるんですか」

「知っている」

男は剣呑な表情でうなずいた。怒っているせいか、目が爛々《らんらん》としている。それでも彼の美しさは損なわれなかった。

「我が主人の娘に子どもを産ませたのに、嫁が迎えに来たらさっさと出ていった。まったくろくでもない男だ。だいたいあの娘もほんとうに、主人の娘とは思えぬ無作法者だった。ろくでもない息子をもうけて、主人を心配させて……それを言うなら、主人の嫁がほんとうにろくでもない女で」

「ええっと、主人というのは……？」

相手が怒っていることはわかったが、その怒りを向けられる理由を確かめたくて、孝志は問う。

「進次郎の祖父だ。俺の唯一無二の主人、小野幸次郎《こうじろう》のことだ」

「はあ……」

孝志はうーんと考え込んだ。「えっと、そのご主人のお嫁さんがろくでもなかったのなら、ご主人に見る目がなかったのでは？」

孝志が思わず突っ込むと、男はむっとした顔になった。

「我が主人を誹《そし》るのか」

「でも、無理やり結婚させられたんだったら別ですけど……」

「ふん、口の減らぬ小童《こわっぱ》め」

こわっぱと言われて、時代劇みたいだなと孝志は思った。

「小童じゃないですよ。僕は村瀬孝志といいます」

「ほう。名乗るのか。ならば我も名乗ろう。我は黒猫のみかげ。又の名を、猫又の三日月だ」

「みかげさん。みかげさんはお兄さんのおじいさんの猫さんだったんですか？」

「そうだ。我は長いあいだ、我が主人に付き随《したが》った式神《しきがみ》だ」

「式神……はあ」

両親が仕事で式神を扱っているのは知っていたので、すぐにのみ込んだ。

「つまり、おじいさんには使い魔がいたんですね」

「使い魔だと。安っぽく呼ぶな」

「おじいさんは術者だったんですか？」

孝志は注意深く問う。

「……まあそれは気にするな」

「なんでですか。気になるじゃないですか」

「今はその話をしたいわけではない」

キッ、とみかげは孝志を睨みつけた。「貴様、さして強くないが、魔除けだな」

「はあ。……あ、もしかして、僕が近づくとまずいですか？」

孝志が一歩踏み出すと、みかげはぎょっとしたように後退《あとず》った。

「我と話したくないなら近づくがいい」

しかしみかげは強気に吐き捨てる。孝志はその場で止まった。

「あっ、そんなことはないので、……というか、僕に何か話でもあったのでは」

「そうだ。ここの店員から貴様の話は聞いたぞ。近づくとふわふわきらきらして心地よい小童が来たと。それが進次郎の弟だと。もしや我が呪いを解くために、進次郎が呼び寄せたのか？」

「呪い……」

孝志はぽん、と手を叩く。「お兄さんが昼間は猫さんになっちゃうのって、本当に、みかげさんが呪ったからですか？」

「故意ではなかったが、結果として、そうなった」

みかげは重々しくうなずいた。「しかし貴様、魔除けの性《しょう》としてはさほどではないというのは確かなようだ。進次郎にかかった呪いは解けてはおらん」

「そうでしょうね。僕は魔除けだと言われてますけど、僕が行く先のよくないものがさーっと逃げていくけれど、僕がいなくなるとみんな戻ってくる、……特に何かできるわけでもないって、お母さんは言ってました」

孝志の両親は術者だ。だから孝志は、両親にいろいろと言い聞かされてきた。孝志が悪いものを寄せつけないのはそういう体質だという。それを初めてはっきりと認識したとき、霊的なことが体質などという肉体の状態に左右されるのだろうかと不思議に思ったものだ。

しかしそんなことを説明しつつも、孝志には気になっていることがあった。

「でも、お兄さんは、ミケって猫に呪われたと言ってましたけど……」

孝志がそう言うと、みかげの長い髪が、わずかではあるがふわっと持ち上がったように見えた。その目が完全に猫の目になっている。はっきりと、怒ったのだ。孝志は、自分がみかげの逆鱗に触れたことを察した。

だが、みかげは大きな猫の目でじっと孝志を見たあと、深く息を吐いた。次いで、その目が人間のものに戻る。

「それは、我だ」

「ということは、ミケが本名とかあだなとか……？」

「そうではない」

みかげはそう言うと、深く息を吸って、吐いた。「とにかく進次郎は俺をミケと呼ぶ。子どものころにそう憶えてしまったのだ」

「えっと……」

みかげはひどく不本意そうだ。さすがの孝志も、ミケ呼ばわりが彼にとって腹立たしいのだと察した。

「とにかく我が知りたいのは、貴様が呪いを解くために呼ばれたかそうでないかだ」

名前の勘違いについて孝志が何か言うより前に、再びみかげが口をひらく。

「そうではないです。僕は両親が亡くなって、頼るひとがお兄さんしかいなかったので、ここに来たんです。僕が魔除けなのは、お兄さんも知らないと思います。……というか、お兄さんはあやかしのこととか、術とか、全然知らなそうですけど……」

孝志は両親が術者だったのである程度のことはわかる。両親は、孝志がよくないものに縁がないとわかっていても、いつ何があるかわからないからと、たびたびあやかしに関わる知識を語ってくれた。そして最後に必ず言った。こんなことはふつうは誰も知らないし気にして生きてはいないから、誰にも言ってはいけないと。

だから孝志は、知識はあっても、あやかしについて、両親の仕事の関係者以外の誰かと話したことはなかった。

「確かに進次郎はあやかしなど知らぬ。だが、我がこの姿になることは知っておる。見せたからな。であれば、多少なりとも怪異のたぐいであることは見当がつくはず」

「怪異というか……尋常でないことはわかるかもしれないですけど、あやかしとか、ふつうのひとは知らないと思いますよ。知らなくても生きていけるし」

孝志がそう告げると、みかげは大きく目を瞠った。あからさまにショックを受けているように見える。

「知らなくても……生きていける……」

「まあ、そうじゃないひともいなくはないですが、たいていのひとは……」

あまりにもみかげが茫然としているので、孝志は取りなした。

「我が主人も、そうだったのだろうか……術使いにならなかったから……」

みかげが目に見えて悄然としたので、孝志は慌てた。近づこうとしたが、自分が近づくと彼の変化《へんげ》が解けてしまうかもしれないと考え直してやめる。

「それはわからないですけど……みかげさんが、ご主人さまが亡くなって残念に思っているなら、そうでもなかったんじゃないですかね」

もう亡くなってしまった相手のことを断言するわけにはいかない。何を考えているかなど、生きている者だってわかりはしないのだから。そう考えた孝志は、曖昧にみかげの懸念を否定した。

　するとみかげは、黒い手袋をはめたままの手で、ぐいっと顔を擦った。それから、少し赤くなった目で孝志を見た。

「適当なことを言いおって」

「すみません。でも、もう死んじゃってるひとのことは、わからないですから。いいように思っていたほうがよくないですか？」

　孝志が言うと、みかげは目をぱちぱちとしばたたかせた。

「……おかしなやつだな」

「はあ」

　ほかになんと答えようもないので、孝志はうなずいた。実際、おかしいと言われても仕方がない。

　孝志の両親は術者で、ふつう、術者と術者のあいだに生まれた子どもは、少なからずその力を受け継ぐと考えられている。だが、孝志はそうではなかった。両親はさぞがっかりしたのではないだろうかと思ったこともあったが、孝志はそれについてなるべく考えないようにしていた。

　両親と同じことができればよかったのかもしれないが、できなかったうえに、そうしたものを寄せつけない体質だと言われている。だから孝志は自分があやかしに関われないと考えていた。

しかし、進次郎の呪いを解くことなどできていないし、みかげとは近づけないながらも会話できている。

「とにかく、貴様が来たのが偶然だとしたら、進次郎の呪いを解くなと言いたいだけだ、我は」

「ああ、なるほど。でもそんなこと、僕にはできないのでご安心ください。……ご安心というか……お兄さんは困るだろうけど……」

孝志の両親は、孝志が魔除けだから今の仕事ができて助かる、と言っていた。

両親はふたりで呪詛《じゅそ》返しをしていた。文字通り呪詛を返すが、失敗すれば呪詛を受けることを意味する。——失敗して、両親は死んだのである。

そして、そのような呪詛は、ときには呪詛を受けた者の家族にも及ぶ。しかし、孝志は魔除けだ。だから失敗しても孝志に累が及ぶことは決してないと、両親は言っていた。それでも両親の仕事仲間は孝志を案じて、念のためにと、孝志を両親と暮らしていた家から早く遠く離れられるように取り計らってくれたのだ。

「お兄さんは僕が抱っこしても、もとに戻らなかったので」

「だっこ」

みかげはぎょっとしたような顔をした。孝志はちょっと笑った。

「あ、猫のときにです」

「……まあ、そうだろうな」

　ふん、とみかげは鼻を鳴らす。「貴様が進次郎の呪いを解けないというならそれでいい」

「ところでなんで僕がいることを知ったんですか？」

　尋ねると、みかげはふんと顎をそびやかした。

「店に来ている猫店員に聞いた」

「つまり、みかげさんは猫店員さんたちとお友だちなんですか？」

「友だち？　そんなものではないな」

　くくく、とみかげはわらった。「我はこの近在では名の知られた猫又ゆえに、猫たちは我が尋ねればなんでも答える。命じればなんでもいうことを聞く。ゆえに我は、我が主人の店へ行き、店員としてヒトを癒せと命じたのだ。さすれば鬱屈の結晶が落ちる」

　孝志はそれを聞いて、まじまじとみかげを見つめた。

「その、えっと……」

「なんじゃ。何か言いたいことがあるならはっきり申せ」

　孝志がまごつくと、みかげは怪訝そうに孝志を見た。

「その、鬱屈の結晶、見ましたけど、あれがあると、何ができるんですか？」

「進次郎の呪いを解くことができるやもしれぬ」

「はあ……」

自分で呪っておいて、その呪いの解きかたを教えたというのだろうか。孝志はよくわからなくて首をかしげた。

「えっと、……みかげさんは、お兄さんをどうしたいのですか？」

「土下座させて我に許しを請わせたい」

「許しって、なんのです？」

「進次郎は我に許しを請うべきなのだ」

みかげは頑固に言い張った。「あやつはこれまで我に数々の無礼を働いてきた。我は、あやつが我が主人の孫であるから、それを容認してやったのだ。なのにありがたみも感じておらん。だからこそ、あやつには罰を与えてやった」

「うーん……」

みかげの答えに、ただただ孝志はもやもやするばかりだ。進次郎が無礼を働いたといっても、その詳細がわからない。

「なんだ。我の答えが不服か」

「お兄さんにその話はしたんですか？」

「その話、とは」

「自分に対して失礼をしているから謝れ、と」

「何故そのようなことを言わねばならぬ」

みかげはふんぞり返った。やっぱり、と孝志は溜息をついた。

あやかしは人間とは考えかたが異なっている。人外化生とも呼ばれるので、それはそうだろうとは思う。だが、意思疎通もままならない関係で、無礼なことをしたから謝れと片方が考えていても、それを伝えていなければ、他方は謝るどころか、どんな無礼を働いたかも認識できないのではないだろうか。

「察しろ、てことですか？」

「察するも何も、あやつは自分のしたことをわかっているはず。でなければああも容易に呪われるはずもなかったのだ」

それは進次郎とも話したことなので、孝志としても納得せざるを得ない。

もともと呪いと言っても多様だ。相手が認識していないとかからない呪いのほうが多い。だが、進次郎にかけられた呪いは、それだ。進次郎自身が呪いがかかったという認識をしており、さらに、呪われた理由を彼が納得しているために、強制的に他者が解くことはむずかしそうではある。

しかし、みかげは、孝志が魔除けの性であると察し、呪いが解けるのではないかと危惧して現れたようだ。つまり。

「もしかしてみかげさんは、お兄さんに呪いがかかるかどうか、はっきりわかってないのに、かけたんですか？」

「……」

問うとみかげはむすりと押し黙った。そっぽを向くさまが、いかにも猫らしい。

「だから、もしかしたら僕がいることで解けるかもしれないと思ったんじゃないんですか？」

「それがどうした」

みかげはそっぽを向いたまま、ぼそりと呟いた。

「どうもしませんけど……」

とはいえ、進次郎は呪われて困っている。さらに孝志は疑問を抱いた。

「その、さっき、土下座させたいって言ってましたけど、お兄さんがそうやって謝ったら許して、呪いを解いてあげるんですか？」

「……」

みかげはまた、黙った。

もしかしたら、彼は呪いをかけることはできても、解く方法を知らないのではないだろうか。

「……謝るとしても、進次郎は、我がほんとうは何について怒っているか、気がつくまい。それで謝られても……」

もしかしたら進次郎とみかげは似た者同士なのではないかと孝志は思った。

進次郎は、何をしたかわかっていないならそんなに簡単に謝るなと孝志に言った。みかげも、進次郎が謝ったとしてもみかげの立腹の種に気づいていなければ、謝罪として受け取れないのではないか。

進次郎とみかげのあいだには軋轢《あつれき》がある。少なくともみかげは進次郎に対してよい気持ちを持っていないようだ。だが、進次郎はそれを、みかげが感じている半分ほどしか認識していないのだろう。行き違いにもほどがある。これは第三者を挟まなければ理解し合えないのではないか。

誰も彼もと仲良くする必要はないと、孝志は考えている。害を与えてくる相手は回避したほうがいい。みかげは進次郎に害をなしているから、進次郎はみかげと離れていたほうがいいのは孝志にもわかる。しかし、それには原因があるのだ。

進次郎にかけられた呪いを解くには、その原因を突き止めて解消したほうが後腐れもないだろう。

「みかげさんは、本当は何に怒っているんですか？」

原因を追及するには、当の本人に語ってもらったほうが早いだろう。孝志はそう考えて尋ねた。

しかし、みかげはつんとそっぽを向いている。その態度を見ると、みかげ自身にもその原因がはっきりわかっているわけではないようだった。

「その、怒っているというか、不快なことがあるなら、はっきり言ってもらわないと、お兄さんも何もできないと思うんですが……」

「だが貴様は進次郎ではない」

「だったら、お兄さんになら教えてくれるんですか？」

問うが、返事はない。

孝志は溜息をついた。

「そんな、子どもみたいに拗ねられても……」

思わず言うと、みかげは鋭い目でキッと孝志を睨みつけ、黙ったまま前に足を踏み出した。大股で近づいてくる。

近づくうちに、その姿が黒猫に戻った。

にゃっ、と激しい声をあげて、黒猫が孝志に跳びかかる。

孝志は思わずそれを避けた。

黒猫は地面におり立つと、ふぎゃっ、と抗議の声をあげる。

「いや、だって……引っ掻く気満々だったじゃないですか。いやですよ。猫に引っ掻かれると腫れるから」

孝志が言うと、黒猫は胡乱げに孝志を見ていたが、やがてくるりと背を向け、さっさと去っていった。


みかげが去ってから、孝志は家に戻った。電話を探したが、やはり見つからなかった。もしかしたら電話を引いていないのかもしれない。古い家だから黒電話くらいありそうな気がしていたが、一切見つからなかった。

探すのに疲れて一休みしようと思ったが、店にいていいものか悩ましかった。ひとまずベランダに干した洗濯物を見に行ったら乾いていたので取り込む。ベランダはみかげと話した裏庭に面していて、そこからさきほどの祠も見えた。

両親が術者だったので、孝志は、この世には不思議なことが起きるのは理解していた。だが、大多数の人間に、あやかしなどというものが見えないのも知っている。見える見えない以前に、孝志はあやかしから避けられているので、自分がそうしたものを見られるかどうかも知らなかった。

見えないものなのに存在を知っていて疑うことがないのは、いろいろなことがあったからだ。経験上、と言っていいだろう。母が仕事で怪我をして帰ってきたとき、孝志が一晩、添い寝をしたら、傷が跡形もなく治ったことがあった。霊傷だから、と母は言った。霊傷は家族がそばにいると治りが早いのだそうだ。それ以外の怪我、たとえば父がうっかりカッターで切ったときの傷は、いくら孝志が一緒に寝ても、治るのに数日を要した。

そういう間接的なことで、孝志はあやかしの存在を知り、感じた。自身がふれることも関わることもできないのは少し残念だったが、この世には、生きていない、命とは異なる何かがいることは認識していた。

今さらだが、自分が両親のような力があればよかったのにと思わなくもない。呪詛返しができれば、進次郎の呪いを解くこともできただろう。だが、そんな力があれば、両親の受けた呪詛返しのさらなる報復も受けていたかもしれない。悩ましいところだった。

そんなことを考えながら取り込んだ洗濯物を畳み、一階の和室に運んだ。そろそろ四時近い。店に出ると、フロアから見える庭は弱くなった陽光に照らされていた。孝志は外へ出て、初めて来たときに座ったテラスの椅子に腰掛けた。

溜息をつくと、どこからか猫の鳴き声がする。きょろきょろと見まわすと、門から白猫が入ってきた。

「お兄さん」

呼びかけると、白猫はやや不満そうな顔をして近づいてきた。足もとで孝志を見上げる。何か言いたそうだ。

孝志は座ったまま、白猫を抱き上げた。白猫はなんとなく怒っているような顔をしているが、されるがままになっている。ぐにゃぐにゃの体を膝にのせると、白猫は、ふう、と息をついた。猫も溜息をつくんだな、と思った。

「なんか、いろいろあったんですが、あとでお話ししますね」

孝志がそう言うと、丸まりかけていた白猫は、怪訝そうに孝志を見上げた。進次郎も何か言いたいことがあるだろうし、元の姿に戻ってから報告したほうがいいだろう。

それから孝志は黙って、白猫の背を撫でた。白い毛並みはつやつやと滑らかで心地よい。撫でると気持ちいいのか、白猫は目を閉じた。ぶぶぶぶ、と音が聞こえて、孝志はびっくりする。いびきなのだろうか。だが、苦しそうではない。

孝志はそのまま、そっと背を撫でつづけた。


進次郎がもとに戻ってから、開店準備をすることになった。

準備をしながら孝志は、まず電話があるかどうかを尋ねたが、やはり、ない、という答えだった。

「昔は出前の注文を受けてたから、公衆電話を置いてたけど、無理になったから撤去したんだ。じいさんも携帯電話を使ってたしな」

開店準備といっても、やってきた猫店員をぬぐうのにやや手間取るだけで、ほかはたいしてすることはない。軽く店内を掃除して、店の看板を出す程度だ。

進次郎はある程度落ちつくと、孝志に待っているよう告げて奥へ引っ込んだ。しばらくしてからスマートフォンを手にして戻ってくる。

「ひとまずこれを使ってくれ。じいさんの使ってたガラケーは、契約は解除したが、ものはある。それでよければ君が使ってくれてかまわないが……」

カウンター席に腰掛けた進次郎は、スマートフォンの使いかたを教えてくれる。孝志も座って、説明を聞いた。なんとか電話はかけられそうだ。

「おじいさんの携帯電話を使わせてもらえるのは、ありがたいですけど……」

「契約に行くなら、しばらく待ってくれ。俺が昼間動けるのは、次の満月だ。来月だな。自分でショップに行くなら、国道沿いにあるが……」

「でも、保護者がいないと契約できないのでは？」

孝志は未成年である。進次郎は手にしたスマートフォンを操作した。検索しているようだ。便利だなぁと思う。

「本人確認書類と親族確認書類、が要る……」

ふむ、と進次郎は考え込んだ。「よく考えたら君、ここに住むのはいいが、住民票を移さないと、いろいろな手つづきができない気がするぞ。編入でも転校でもだ」

「それは、代理のひとに頼めばやってもらえると思います。そう、聞いているので」

両親が属していた組織の人間は、両親の仕事の失敗が孝志に影響することを案じていた。だから、もともと住んでいた街を離れるのを勧めて積極的に協力してくれたし、もろもろの手つづきは引き受けるとも言ってくれていたのだ。司法や行政にも、両親の属していた組織の者たちは紛れ込んでいるらしかった。

「だったら、そういう処理が済むまでは、この電話で連絡を取ってくれ。電話代は気にしなくていい。自分でできるか？」

進次郎はやや困ったように眉を寄せて言った。

「できると思いますけど……」

「それと、よく考えたら、俺はいろいろと説明が足りなかったな。寝る前に思いついて朝食のことだけは書き置きしたが、……君が敏くて助かった」

「洗濯物のことですか？」

「それそれ。干してから寝ればよかったんだがな。助かったよ」

進次郎は破顔した。「どうも猫に変わるようになってから、眠くて眠くてたまらない。外に出てもずっと寝ていたりするくらいだ。何故だろうな」

「猫は眠いものなんじゃないんですか？　僕も外で寝てる猫はよく見かけましたよ。飼い猫みたいなのに、わざわざ外で寝るんだ、と思って」

孝志が言うと、進次郎は、そうか、とうなずいた。

「猫は眠いもの、か……」

「外に出て、何をしてるんですか？　猫さんの勧誘をしてるならともかく、寝てるだけなら家でもいいと思うんですけど」

疑問を口にすると、進次郎はちょっとだけ笑った。

「勧誘というか、いちおう毎日、猫店員には声をかけてるんだ、きょうも来てくれ、と。言わないと来ない猫も多いからな」

「猫店員さんって、ご近所の猫なんですか？　多いですね」

「まあ、多いだろうな。この家の裏手から線路沿いまでが昔ながらの集落で、大きい家も多いし、複数の猫を飼っている家もある。最近はあまり感心されないが、だいたい放し飼いなんだ」

それを聞いて孝志はちょっと心配になった。店の前の、孝志が駅から辿ってきた道は、駅につづくからか、それとも坂道からくだってくる道だからか、それなりに車が速度を出して走り抜けている。猫がうろうろしていたら危ないだろう。さらに線路の向こうに国道があるそうだ。そこもきっと車の往来は激しいに違いない。

「来るときに危ないことがないといいんですけど」

「それは俺も気になってる」

そこで進次郎は溜息をついた。「このところはあまりなくなったが、たまに轢かれているのを見かけたりするからな……」

憂鬱そうだ。孝志も少し憂鬱になった。犬の放し飼いはほとんど見られないが、猫は未だに多い。猫に引き綱をつけて散歩をさせる飼い主も、いるかもしれないが、孝志は聞いたことも見たこともなかった。

「どこの家のなんという猫さんが来るのか、お兄さんはわかってるんですか？」

「名前まではわからないが、だいたい憶えてるぞ。といっても模様とか色で見分けてるくらいだが……」

「じゃあ、黒猫で、首の下だけ白い猫ってわかりますか？」

「黒猫……？」

とたんに進次郎は眉をひそめた。「また、なぜ」

「きょう、裏庭に来てたんです。それで……みかげって名乗ったんですけど」

「名乗った。猫が？」

進次郎は首をかしげた。「それにこの店はみかげ庵だが、うちと何か関係があるのか……？」

そこで孝志は、さきほどの黒猫との遭遇を語った。黒猫が外から呼んだこと。祠の前でひとの姿に変わったこと。みかげと名乗ったこと。そして、進次郎を呪った、と言ったこと。

語るうちに、進次郎の顔が徐々に険しくなっていく。

「そいつはじいさんの猫だ。俺はミケって呼んでたが、黒猫で」

「黒猫でしたけど、ここだけ白かったですけど」

そう繰り返しながら孝志は、自分の首もとに手を当てた。すると進次郎は怪訝な顔をする。

「そうだったか？　あいつはぜんぶ黒じゃなかったか？」

「そうではなかったです……」

その答えに孝志は、なんとなくだが、みかげが怒っていた原因がわかるような気がした。もしかしたら、進次郎はみかげの姿をはっきり記憶していないうえに、名前もうろ覚えなのではないかと疑念を抱く。

「へえ。それは初めて知ったな」

みかげは進次郎を嫌っていたようだが、そのせいか、それとももっと別な理由があるのか、進次郎はみかげについてあまり詳しくないようだ。というより、上から見るだけだったら、みかげの首の白い部分は目につかなかったかもしれない。つまり、近づいたこともほとんどないのではないかと孝志は考えた。

「黒猫のみかげ、又の名を猫又の三日月って言ってましたけど」

「みかげ、ねえ。俺も母さんもミケと呼んでいたが。愛想のない、お高くとまった猫でな」

「もしかして、お兄さんは猫がきらいですか?」

「……あまり考えないようにしているが、特に好きというわけじゃない」

進次郎はなんともはっきりしない答えを口にした。きらいというより、苦手、という印象を受ける。

「で、ミケはなんて言ってたんだ?」

みかげ、と孝志が言っても、ミケと呼びつづけるらしい。それもなんとなく気になった。

「その、……みかげさんは、僕が魔除けなので、呪いを解くためにお兄さんが呼んだのではないかと言っていました。まったくの誤解ですと言っておきましたけど」

「魔除け?」

進次郎は眉を上げた。「なんだ、それは」

「ええっと……」

説明しようとして、孝志はハッとした。

進次郎はみかげに呪いをかけられている。だが、みかげが祖父の式神だったことは知っているのだろうか。

「どこからどう説明したらいいかわからないです……」

困惑した孝志は、正直に告げた。

「まず、魔除けってのはなんだ？　君はお札かなんか持ってるのか？」

進次郎は単純に考えたようだった。

「ええっと、そうじゃないです。お兄さんは幽霊とか、見たことありますか？」

「ない」

きっぱりと返される。

「そうですね……だったら、ほら、肝試しとかで、廃墟へ行くひとがいるじゃないですか」

「いるな。愚の骨頂だ」

進次郎は肩をすくめた。これは手強いぞ、と孝志は思った。進次郎は幽霊、――死霊を見ることができないうえに、存在を信じてもいないようだ。

「まあ、幽霊がいるとしますよ。で、僕がそういう場所へ行くと、幽霊は逃げちゃうんです。そういう体質だって言われました」

「逃げちゃうということは、君、お祓いができるのか？」

「そうじゃないんですよ」

これがややこしいことに、そうではないらしいのである。自分ではなんとなくそうだと思っているだけのことを説明しなければならないのはむずかしすぎる。

孝志は言葉を選びながらつづけた。

「僕が行った場所にいるそういうもの……あやかしと呼んでますけど、生きている人間や動物以外のものは、僕が行くと逃げていくけれど、僕がそこから去ると、またその場に戻ってくるんです。僕はあやかしにとって、集中豪雨みたいなもののようで、どこか影響を受けない場所へ雨宿りに行ってしまうんですよ」

「ふうん……？」

腑に落ちないのか、進次郎は首をひねっている。

「よくわかんないですよね、すみません」

両親に、魔除けでよろしくないものが逃げていく、寄せつけないのだと言われたときは、それで納得した。だが、それをあやかしの予備知識のない者に説明するのはなんと骨の折れることか。

「だけどミケと話したんだろう、君。ミケが人間の姿になったと言っていたが……」

「みかげさんは、僕が近づくと猫に戻っちゃうみたいでした。近くなければ人間の姿になっていられるようです」

「微妙だな」

進次郎は納得したような、していないような顔になった。

「微妙だし信じにくいと思いますけど、そういうことなんです」

「そういう体質？」

「はい」

「蚊に刺されないようなものか……？」

「そういう感じです」

孝志がうなずくと、やっと進次郎は納得したようだ。

「君がそういう体質だから、俺が呼び寄せたと思ったのか、ミケは」

「みかげさん、ですね。呪いを解くために……という誤解をしてました。僕はそういうことはできないんですけど」

「できないのか……」

進次郎は残念そうだった。「できたらありがたいんだが」

「そうですね。すみません。呪いを返すのは、呪詛返しの術が必要で……」

「呪詛返しの術。それは……？」

「技術的なものですよ。僕の両親はできたので、それを仕事にしていたんですが、失敗して、それで死んだようです」

「……」

進次郎は大きく目を瞠って、まじまじと孝志を見た。

「君、それは、……その……」

「信じなくてもいいんですが、そうなんです」

呪詛返しは失敗すると身内にも累が及ぶことがあるとは、孝志は言わなかった。言ったら、進次郎が気分を悪くするかもしれない。それだけならばいいが、影響の及ぶ可能性を考慮されて追い出されてしまうかもしれない。ちらりとそんなことを考えてしまったのだ。

「親父の死因は、それなのか……」

「すみません。驚かせて」

「いや、そりゃ驚いたが……君は、だいじょうぶなのか」

「その、確かに呪詛返しに失敗すると呪いが身内に及ぶこともあるんですが、僕は魔除けの体質なので……」

言わなかったが、進次郎が言及してきたので、説明するほかなかった。しかし進次郎は首を振った。

「そういうことじゃない。ショックだっただろう……そんな理由とは」

「……はあ」

孝志は少しだけ驚いた。

術者同士の子どもで、いつか仕事に失敗して死ぬかもしれないとは言い聞かされていたし、その理屈はわかっていた。おそらく、両親が現役の術者でいるうちは、それ以外の死因はないだろうともうすうすは感じていた。

しかし、進次郎は、孝志自身を慮《おもんぱか》っているのだ。

「あの、……とにかく、そういうことがあるかもしれないと聞いてはいたので……」

「つらかったな」

そう言われると、そんな気もしてくる。

両親が亡くなったと聞かされたのは先週だ。それから身の回りの整理に明け暮れ、深く悲しんでいる余裕はなかったのも事実だ。

「君のことは俺が、できる限りでしかないが、守ってやろう」

進次郎の言葉に、うつむきかけていた孝志はぎょっとして顔を上げた。

進次郎は真顔だった。

「不安かもしれないが、もし何かあったらすぐ俺に言ってくれ」

「はい……」

孝志はそう言われて、この兄に何ができるだろうと考える反面、ひどくうれしかったし、危うくも思った。

進次郎の気持ちはうれしいが、呪詛返しの失敗の報復は常人にどうこうできるものではない。そう説明したかったが、どう言っていいかわからなかったし、進次郎の気をくじくようだったので、やめた。

それに、進次郎の言葉がうれしかったのは本心だ。うれしいというより、ホッとした、と言っていい。なんだか胸の奥がぎゅっと絞られて、鼻の奥がつんと痛んだ。泣きそうになっている自分に、孝志は気づいた。

悲しいわけではない。安心したのに、泣きそうになったのだ。なぜそうなるのか、孝志自身にも理解できなかった。

「とにかく、君が魔除けなのはわかった。ミケの呪いは解けないこともな。それはしょうがない。俺が呪われるようなことをしていたのは事実だ」

孝志が滲んだ涙をごまかすために何度かまばたいていると、進次郎が告げる。

「あの、それですけど」

おずおずと孝志は口をひらく。「みかげさんの呪いは、お兄さんがおじいさんに迷惑をかけていたからだけではないみたいです」

「？　どういうことだ？」

進次郎はまた、眉を上げた。

「お兄さんが、何かしたから、という感じでした」

「俺はあいつに何もしていないぞ。たいしてかまっていなかったのもあるが」

「どういうことか、僕にもうまく説明はできないです。みかげさんは、本当の原因を言ってくれなかったので……とにかく、お兄さんが土下座をして許しを請わないとだめだと言っていました」

「土下座だと？」

さすがに進次郎は剣呑な表情を浮かべた。整った顔立ちなので、そうすると凄みを増す。

「なんで俺があいつにそこまでしなくちゃならないんだ」

「わからないですが、そういうことだったみたいです。僕がもっとちゃんと話を聞ければよかったんですけど」

「いや、それは君のせいじゃない」

進次郎は首を振った。だが、険しい表情はそのままだ。

「とにかく、あいつが俺に怒っているのはわかっている。だが、俺には、じいさんに苦労をかけた以外の心当たりはない。それ以外で土下座をしろと言われても、何についてかわからない限り、できるはずもない」

「ですよね」

孝志としてもこれはうなずかざるを得ない。進次郎の言いぶんは理に適っていた。

「まあとにかく、君が俺のように呪われることはないようならよかった」

進次郎がそう言うので、孝志は思わず目をしばたたかせた。孝志は確かに、誰にであれ、呪われることはないだろう。呪われても、呪いが届かず、はじかれて戻っていく。そういう体質なのだ。だから、呪われないことは、孝志にとってはあたりまえなのである。

それを、進次郎は案じて、そうでなくてよかった、と言ったのだ。

「そうですね。……僕、呪われないから、お兄さんの代わりに、いろいろできると思います。それで、いつか、みかげさんの呪いを解きましょう」

孝志が笑いかけると、進次郎も口もとをほころばせた。

「そう言われると、励まされるな……」

だが、そう呟く声はどことなく疲れが滲んでいた。「君が来てくれて、よかった。本当に、助かった」

進次郎が目を伏せた。自分よりいくつも年上のちゃんとした大人の男なのに、その顔は少しだけ、泣きそうに歪んで見えた。

「お兄さん……」

「正直なところ、猫に変わるようになってから、自分の頭がおかしくなったんじゃないかとずっと思っていた。目をさますと猫になっているし……それでも俺は生きていて、税金とか保険とか固定資産税とか自動車税とか払わないとならないから店は畳めないし……もともと友だちは少ないし、いても近くに住んでいないし、親戚とも母親の代でだいたい縁が切れてるから、誰にも頼れなかったんだ。よっぽどどこかのメンタルクリニックでも行こうかと思っていたところだ」

具体的な愚痴に、孝志はポカンとした。

「たいへん、だったんですね……」

「たいへんというか、ただただ困っていたんだ」

進次郎は顔をわずかに上げると、孝志を見た。「ご近所さんは、じいさんによくしてくれたし、俺のことも心配してくれていたようだが、まさか、昼間は猫に変わるようになったとは言えないじゃないか」

「言っても信じてもらえそうにないですよね」

「それもある。だから、じいさんがいなくなって、都合で営業を夜だけにしたんだと言ったら、昼間に来てくれていた常連の皆さんは、それだと行きにくいねと残念がっていた。常連でもさすがに夜は来ないからな。それはともかく、……こうやって、誰かに、俺が昼間は猫になっている、と話せて、それを信じてわかってもらえるとは思わなかった……」

　どうやら進次郎にとって、自分はただのお荷物にはなっていないようだとわかり、孝志は安心した。

　進次郎自身は猫になることでほとほと困っているのだろう。しかしそのせいで進次郎が自分を必要と思ってくれるなら、……ありがたい、というと進次郎に悪いので、孝志は言葉を探した。

「君には悪いが、本当に、ありがとう」

　孝志が何か言う前に、進次郎がさらに言葉を重ねた。孝志はきょとんとする。どうして「悪い」などとすまなさそうに言うのだろう。

「ご両親が亡くならなければ、君はここに来ることもなかっただろうに……」

　ぼそりと呟きを漏らす進次郎を見て、ああ、そういうことか、と孝志は納得した。同時に、進次郎がいいひと呼ばわりされるのをいやがったのを思い出す。

　ひとにはそれぞれ都合があって、それに合う相手をありがたがったり、相手に感謝したりする。少なくとも孝志はそのように考えている。ひとの好き嫌いはそういう関係性で決まるものだ。自分に都合のよくない相手に好感を抱くことはないだろう。

　だが、その考えを話したとき、同級生が信じがたいほどに怖ろしいものでも見たような顔をしたことがあったので、こういうことはなるべく口に出さないほうがいいのだと学習した。

自分にはたぶん、ひとのこころがないのだろうと、孝志は思っている。それで困ることはないが、他人に失礼な態度をとらないように気をつけたいとは考えもするのだ。それも、相手を不快にさせたくないという情緒からではなく、相手が自分に対して害意を抱き、その後、自分の障害となることがないようにしたいからだった。つまり、敵を作らないようにしたいだけである。

進次郎はそんな孝志の思惑など知らず、両親を亡くして自分を頼ってきた弟を不憫に思ってくれているようだ。そしてまた、そんな弟を、自分が都合よく利用しようとしている、と考えてしまうのだろう。

まじめで、やさしいひとだなあ、と孝志は思った。

もし本当に進次郎がそう考えているなら、自分のほうがろくでもない人間であると言うべきではないかとも考えた。しかし、孝志が、進次郎といるほうが都合がいいだけだと本心を吐露すれば、進次郎は驚いたり、呆れたり、怒るかもしれない。

「お父さんとお母さんがいなくなったことは悲しいけど、僕、お兄さんと暮らせてうれしいです」

これは本心だ。両親がいなくなって悲しいことは悲しい。だが、今はこうして進次郎と暮らせているのが楽しいと感じる。両親が亡くなって間もないのに楽しいなどとは不謹慎だと言われたら、そうだな、とも思っただろう。そういう気持ちは、口に出さないほうがいい。それくらいは、わかっていた。

「だから、そんなに気にしないでください」

孝志がそう言うと、進次郎は弱々しげに、それでも笑ってくれた。


やがて猫店員たちが集まり、ぬぐっているうちに暗くなったので、開店した。

客は何組か来た。女性だけ四人で来た客は若い奥さんたちの集まりのようで、少しうるさかったが、猫店員がわらわらと寄っていくと、かわいい、かわいい、ばかり言っていた。たいていの猫店員は撫でられたり抱き上げられたりするのが好きなようで、膝にのせられて撫でられるうちに眠ってしまった猫店員もいた。

どうやら週に一度、決まった日に現れるグループだったらしい。スポーツクラブ帰りで、途中まで家族の愚痴を言っていたが、猫を撫でているうちにその愚痴も途切れて、最後にはねこちゃんかわいいしか言わなくなっていた。

四人が去ってテーブルをかたづけるとき、カップの陰にいくつかの結晶が落ちていたので、孝志はそそくさと拾ってエプロンのポケットに詰め込んだ。さわるのは初めてだったが、角があるのにとげとげしておらず、つるつるしすぎてもおらず、全体的にまるっこい。それらを詰め込むとポケットは膨らんだ。

いつ進次郎に渡そうかと思ったが、ちょうど新しい客の注文を受けているときだったのでそのままになった。


その後もぽつぽつと客が来て、最後の客が帰ったのは日付が変わってからだった。営業時間は五時間にも満たない。それにしてはきょうはよく来ていたのではないだろうか。

閉店作業がほぼ終わってからカウンターに結晶を置くと、進次郎は、おお、と目を瞠った。

「七つ？　だな。多いな」

そう言って進次郎は、結晶をまとめて引っ掴んで、出入り口の脇にあるレジカウンターに向かった。機械の下の抽斗《ひきだし》をあけて、中から小箱を取り出す。その中に結晶を入れているようだ。

「これで十個になった」

進次郎は、手にした結晶を箱に入れると、ホッとしたように呟く。

「十個集めると、呪いがとけるんですか？」

「そうじゃないんだ。……説明するのがめんどうだと言っただろう？　今からやるから、ついてきてくれ」

進次郎は小箱を手にしてレジカウンターから出ると、そのまま奥へ向かった。

裏口を通り抜けて庭へ出る。深夜の裏庭は真っ暗だったが、外に出るとぱっと灯りがついた。見ると、生け垣に照明がついている。人感センサーだろう。

進次郎はすたすたと祠へ向かっていくが、進次郎が健康サンダルを履いたので、履物がない。孝志は急いで靴を取りに戻った。取ってきた靴を突っかけるようにして履いて、祠の前に立つ進次郎に近づく。

「ここで何か……？」

「この祠に、結晶を入れるんだ」

「？」

進次郎の説明に、孝志は首をかしげるばかりだった。なぜと問う間もなく、進次郎が祠の扉をあける。中はちいさな空間だ。何もない。そこへ進次郎は結晶を十個、ざらざらと入れると、再び扉を閉めた。

「わっ」

思わず孝志は声をあげる。扉を閉めたとたん、祠がピカッと光ったのだ。

「たちの悪いガチャみたいなもんだよ……」

「ガチャ……」

進次郎の呟きに、孝志の脳裏に浮かんだのは、大きな駅にたまに置いてある、お金を入れるとカプセルに入った玩具の出てくる機械だった。まさか、この祠があの機械と同じだというのか。

祠はしばらく光っていた。光がおさまると、進次郎は再び祠の扉をあけた。中に入れたはずの結晶はなくなっていて、代わりに紙切れが一枚、置いてある。何か書かれているのが見えた。進次郎はそれを素早く手に取って目を走らせる。

「くっそ！　またかよ！」

次いで、ぐしゃっとそれを握りつぶす。

「なんて書いてあるんですか？」

孝志が訊くと、進次郎は無言で、握った紙を孝志に渡した。孝志はそれを広げて読み上げる。

「ハズレ……」

まるでくじ引きだ。孝志はしげしげと紙を見てから、進次郎に目を向けた。

「これは……？」

「ミケが言うには、アタリが出たら俺の呪いが解けるんだそうだ」

「……ええっと……お客さんから落ちた結晶を集めて、十個でくじをひいて、アタリが出たら、呪いが解ける……？」

「そういうこと！」

はーっ、と進次郎は深く息をつく。「だから、赤字になろうが、客が来なかろうが、猫店員と話が通じなかろうが、店はやめられないんだ。どうせすることもないから、よほど大赤字にならなきゃいいかと思ってるけど、今までほとんどハズレしか出ない。なんでなんだ……」

それが、あのみかげの示した呪いを解く方法だとしたらからかわれているのでは、と喉まで出かかったが、なんとかのみ込んだ。代わりに尋ねる。

「その、……何回くらい引いたんですか？」

「百回は引いてるな」

「それがぜんぶハズレ……」

「たまに短歌が入ってる」

「短歌？」

進次郎はうなずくと、大股で裏口に戻った。孝志もついていく。家に上がると、進次郎は早足で廊下を行くが、すぐに階段をのぼる音がした。孝志は裏口の鍵を閉め、靴を持って玄関に戻す。そのうち進次郎がお菓子の缶を抱えて階段をおりてきた。

「これだ」

それを持って台所に入っていく。孝志もつづいた。

進次郎はきれいな絵柄のお菓子の缶をテーブルに置くと、蓋をあけた。長方形の缶で、蓋は本体の一辺にくっついているようだった。

中には、さきほどの紙と同じで、「ハズレ」と書かれた紙がどっさり入っていた。

そんな中、ハズレ以外の文字が見えたので、孝志はそれを手に取って見た。

「わびぬればいまはたおなじなんば？　なる、みをつくしてもあはむとぞおもふ」

書いてあるとおりに読んだ。

「百人一首だよ、それ」

「……はあ」

百人一首は学校で習った気もするが、この歌は知らないので、孝志はただうなずくだけだった。

「何か意味、あるんですかね」

「あるかもしれんし、ないかもしれん。わからん！」

進次郎は叫ぶと、ばん、とテーブルを叩いた。が、すぐにハッとした顔をする。

「すまない、大声を出して……君に怒ったわけじゃない」

「はい。……でも、とにかく、なんだかよくわからないですね。ハズレじゃないならアタリかと思うのに、百人一首だなんて。どうしてか、みかげさんに訊いたことはないんですか？」

「呪いをかけられて以来、あいつは見かけていない」

進次郎は怒ったような顔つきになった。「俺が昼間、猫のままでうろつくのは、あいつを捜しているのもあるんだ」

「なるほど……」

孝志はうなずくと、手にした紙を箱に収めた。「とにかく、このハズレの紙も、何かの役に立つかもしれないので、とっておいたほうがよさそうですね。短歌も……何か意味があるのかもしれないし……」

「ああ。捨てるのはいつでもできるが、捨てたあとにまだ必要だったとわかったらどうしようもないからな」

進次郎の言葉に、孝志はちょっと驚いた。言われてみればその通りなのだが、そんなこと、考えてみたこともなかったのだ。

「とにかく、結晶はああやって使うんだ。説明がしづらいと言ったが、見たほうがわかりやすかっただろう？」

「そうですね。確かに、あれは説明されても、ちょっとわからなかったと思います」

孝志はそう答えながら、内心で不思議だった。

孝志の体質について、両親は「よろしくないものを遠ざける」と説明してくれた。だから孝志は「あやかしを遠ざける」のだと思っていた。

この結晶といい、それを集めて引く進次郎曰くのガチャといい、明らかに尋常でない、――あやかしが絡んでいる仕組みだ。

なのに、祠の近くに孝志がいても、結晶を入れたら結果が出た。

自分は魔除けであやかしを退けると思ってきたが、すべてのあやかしを退けるわけではないのだろうか。そう考えたが、答えは出ない。今となっては孝志の体質を正しく説明してくれる相手はいない。両親の所属していた組織の者に尋ねればわかるかもしれないが、あす以降でないと無理だろう。孝志はひとまず、説明のつかないあれこれを、心の片隅にとどめておくだけにした。

「そうだ、ごはん、どうしますか？」

孝志が訊くと、進次郎はカウンターをまわってシンクの前に立った。

「あしたは休みだから、夜になったら買い出しに行こう。今日はまだ、先週買ったもので済ませられる。君は菜の花は食べられるか？」

「菜の花……食べたことないです」

孝志は目を丸くした。菜の花といえば、菜種油を採る植物という印象だ。

「俺は好きだ。近所の無人販売所でもよく売ってる。それのおひたしを作ろう」

進次郎は笑った。「ひとりだとろくなものを食べないが、誰かいるとつくりがいがあるな。……じいさんがいたときもそうだった」

確かにそうだなと、孝志は思った。

三

おばあさんの猫

進次郎と暮らすようになって一週間ほどすると、孝志の生活も安定してきた。近くの高校になんとか編入手つづきを済ませて通学できるようにもなった。わずかな空白期間があるが問題ないとされ、二年生の普通科のクラスに入ることになった。近いといっても、交通機関がないので自転車通学だ。自転車は、むかし進次郎が使っていたものを譲ってもらった。

編入したクラスは穏やかで、それだけはホッとした。中学のときクラスに微妙に荒れた生徒がいて、担任が苦労していた記憶があり、それで孝志は少しだけ、学校に苦手意識を持っていた。授業を邪魔したり、粗暴な言動をしたりする生徒には、外からでは窺い知れない事情があるのはわかるし、孝志はそうした生徒とは関わりを持たないようにしていたので特に迷惑を被ってはいない。それでも、声を荒らげたりする者がそばにいると、どうしても、いやだな、と思ってしまう。

それだけならばまだいい。そして、偶然だと思いたいが、孝志が、いやだな、と思うと、そう思った相手が怪我をすることがあるのだ。中学のときのくだんの生徒は階段から落ちて入院した。退院してからはおとなしくなったので、これ以上のことがなくてよかったと思ったほどだ。

小学生のときも、六年生で中学生の不良グループに入るような児童がいた。女の子の学級委員にさえ暴言を吐いていた。女の子が怯えるような猥雑な雑言《ぞうごん》で、それを聞いたとき、いやだなあ、と孝志は思った。心の隅で、彼が口にしたことを実行する前にどこかへ行ってくれないものか、とかすかに考えた。

そして彼は、その日のうちに窓から落ちた。大怪我をして、やはり入院した。危ないと教師が注意をしても、以前から二階の窓にのって、怖くないと度胸試しをしていたのがエスカレートし、三階の窓の横棒を乗り越えて得意がっていたところで足を滑らせたのだ。

孝志がなるべく同級生と必要以上に親しくしないように、そして親しくしなくても、いやだな、と思ったりしないように心がけるようになったのは、その話を両親にしてからだった。

子どものうちはさまざまな理由から精神が不安定で、その影響が他人への言動に出る者がいる。他人を際限なく傷つける者も少なくはない。そういう者に対して孝志が少しでも「いやだな」という気持ちを抱くと、孝志の体質で対象者が排除されてしまったのかもしれない、と両親は説明してくれた。

よくないものを遠ざける。それが目に見えない存在、――あやかしならばまだいい。

人間を「よくない」と感じてしまうと、そういうことが起きる。だから孝志は、誰のことも好きとか嫌いとか考えないようにした。好きがあれば、嫌いにもなるからだ。それに、小学生のときに女の子に暴言を吐いた児童のことを、当のその女の子は少しは好きだったのだ。怪我で入院したのを心配していたし、お見舞いに行こうと同級生に呼びかけていた。とはいえくだんの児童は乱暴者で嫌われていたので、その呼びかけに応える者はいなかったが……

孝志は両親を好きだったし、叱られていやだなと思ったこともちろんある。だが、孝志の体質は両親にはきかなかった。……いや、あるいは、きいてしまったのだろうか。子どものころからの、自分が理不尽だと不服に思ったことが積もり積もって、排除され、呪詛返しを失敗して死んでしまったのだろうか。

そんなことを考えても仕方がないので、孝志は穏やかに日々を過ごすことに腐心して生活するよう努めた。

五月の連休中に満月の日があったので、進次郎は車で近くのショッピングモールに孝志を連れていってくれた。本当に満月の日には昼間でも人間の姿を保てているので、進次郎の呪いがあやかしによるものだと孝志は確信した。満月になるとあやかしの力は弱まるのだ。

ショッピングモールは県内でも最大を謳っていて、おそらくこの街の娯楽の場となっているようだった。ゴールデンウィークなのもあって混雑がすさまじく、駐車場に入るだけでかなりの時間を費やしたが、それでもひさしぶりの昼間の外出だからと進次郎は楽しそうだった。

五月も半ばになると自転車通学にも慣れてきた。以前の高校のほうが勉強が進んでいたので、授業は苦労していない。進次郎の母校で、今は両親もおらず兄とふたり暮らしという事情も考慮されて、部活動には入らずに済み、委員会も前期は免除となって、授業や掃除当番が終わるとすぐに帰れるのがありがたかった。

帰りにはスーパーに寄るときもある。買い出しをして帰り、家に着くと店の準備をする。そうするともう夕方で、白猫がとてとてと店に入ってくる。暗くなったかなと思うと白猫が進次郎になって、店に出てくる。

そんな毎日をひと月ほど過ごした、ある夜だった。

開店してしばらくの時間帯、客は誰も来ない。それもそうだろう。こんな時刻からやっている喫茶店など、知られていなければ気づくこともない。それに、線路の向こうには国道があり、その付近にはチェーン店のファミレスや喫茶店がある。このあたりは車社会だから、そちらのほうが客は入りやすいようだ。

とはいえ、一応、みかげ庵は駅前通りに面してはいるのだ。駅前通りといっても、孝志が今まで知っていた駅前通りとはまったく異なっていた。単に駅前につづく通り、と言っていいだろう。

進次郎は必死に売り上げを上げようとする態度はまったく取らなかったし、毎日がゆるやかに過ぎていくので、孝志としてはのんびりできてありがたかった。やってきた猫店員をぬぐい、ときどき虫除けの薬を後ろ頸に落として、餌と水を与え、ブラシをかけて終わるだけの日がなくもない。

その日の最初の客は、駅から自宅に帰る途中に寄った勤め人だった。週に二度ほど見かける顔で、常連といっていいだろう。客が席に着くと、孝志にまとわりついていた猫店員はわらわらとそちらへ寄っていく。客に何も言われずとも、客の隣の椅子に跳びのったり、足もとで喉を鳴らしながら丸くなったりするのだ。客はホッとしたような顔で猫を抱き上げ、膝の上で撫でている。

猫店員たちは撫でられるのが好きなようだ。孝志は猫など近所で見かける程度でしか知らなかったが、猫とは、人間にかまわれるのがあまり好きではない生きものだと思っていた。気ままで、行動を制限されるのをきらう。不自由なのを好まない。そういう印象を持っていた。

だが、猫店員たちは、客が来ると、いそいそと寄っていき、撫でてほしそうにする。

あたりまえだが、猫喫茶と掲げている以上、この店に来るのは猫好きの客ばかりで、そんなふうに寄っていく猫にうれしそうな顔を見せる。

この店が食べるものをほとんど出さないのは、客が猫を撫でるからだとも進次郎は言う。猫店員は近所を歩き回っている猫だ。いくら四肢をぬぐっても完全に清潔とは言えない。とはいえ不潔すぎることもないだろうが……そんな動物を撫でてから、もしサンドイッチなどを手にして食べたら、何が起きるかわからない。

たいていの猫を扱う喫茶店はそうした衛生面もきちんとしているのだろう。しかしこのみかげ庵はそうではないようだった。そんなのでだいじょうぶなのだろうか、と孝志はちょっと案じなくもない。もしかしたら動物を扱う飲食店はそれなりの認可だの許可だのが必要なのではないだろうか。

八時過ぎにまた、別の客が来た。評判を聞いて初めてやってきたらしい男女のカップルは、窓に近い丸テーブルについて、膝に抱いた猫店員を撫で回しては、可愛いねえ、としきりによろこんでいた。

九時近くなってから最初の客が帰り、それと入れ替わるようにして入ってきた客に、孝志はあれっと思った。どこかで見たような気がしたからだ。孝志とさして年齢が変わらなそうな少女だったのもあるだろう。そして、見憶えがあるなし以前に、彼女はひどく憂鬱そうな顔をしていた。

少女は丸テーブルではなく壁沿いのソファ席にひとりで座った。進次郎が去った客のテーブルをかたづけているので、孝志が水を運ぶ。すると、顔を上げた少女は、孝志を見て、あ、という顔をした。

その時点ですでに猫店員たちが五匹ほど、ソファ席にやってきていた。ある者はソファにのって我が物顔で横たわったり、ある者は彼女の膝に頭をのせて喉を鳴らしたり、あるいは足もとで丸くなったりしている。

彼女は孝志を見て、ちいさく口をひらいた。

「……村瀬くん……」

名を呼ばれて、孝志はまばたいた。孝志をそう呼ぶのは学校の者だけだ。近所のひとと何度か話したが、進次郎も一緒にいて、今まで離れて暮らしていた弟と紹介され、孝志くんと名前を呼ばれるばかりだったから、孝志の姓が村瀬だとも知らないはずだった。

「はい？」

孝志は首をかしげた。その態度に、相手は少し安心したようだった。しかしすぐに、焦ったような顔になった。

「その……ここ、もしかして、村瀬くんのおうちのお店なの……？」

「そうです」

孝志は答えつつ、どうしたらいいんだろうと考えた。彼女が困っていて、それは自分が応対したからなのはわかる。だが、だからといってどうしてそこまで困るのか。孝志が編入生で、どんな人間かまだわからないからかもしれない。そのようにしか考えられなかった。

「あの、……」

「ご注文はお決まりですか？」

何はともあれ、今の孝志は店員だ。すべきことをせねばならない。そう考えて注文を尋ねると、彼女はわずかに眉を寄せた。派手ではないが、整った顔立ちをしている。じっと見ているうちに、同じクラスの生徒ではないかと気づいた。孝志はあまり他人に興味や関心を持たないようにしているので、顔を憶えるのに時間がかかるのだ。顔を憶えても名前と一致させられないことなどざらである。

「ミルクコーヒーを」

少女は戸惑いを見せながらそう告げる。

みかげ庵にはコーヒーと牛乳が三対一のカフェオレと、一対三のミルクコーヒーがあった。この時間帯にふつうのコーヒーや紅茶を頼まれたら眠れなくなるのではと気になったかもしれないが、それよりは無難な注文だったので孝志はなんとなくホッとした。

「あたたかいのと冷たいのがございますが」

「ホットで。――あの、村瀬くん」

少女は困り顔のまま、じっと孝志を見た。「わたしがこのお店に来たこと、誰にも言わないでほしいんだけど……」

孝志はびっくりした。言われたことの意味がいまいちのみ込めなかったからだ。

「あっ、もしかして、校則で禁止されてるとか?」

やっとのことで思いついた孝志はそう尋ねた。孝志は編入したてで、校則どころか通学先の高校にもまだまったく詳しくない。厳しい学校は保護者同伴でないと喫茶店に入ることも許可されていないとは聞いたことがある。

孝志の言葉に、少女はわずかに目を瞠った。それから、ひっそりと笑う。かすかな笑みで、安心しているようにも見えて、それでいて疲れているようでもあった。

「そうね……そういうわけでもないけど……」

彼女の膝にもたれていた猫店員が、にゃあ、と鳴いた。まるで彼女の気をひこうとしているかのような、甘い声だった。

「わたし、塾の帰りなの。……毎週、塾で試験があって、きょう、先週の結果が出たんだけど、あまりよくなかったのよ……それで、いつもだったら残って塾で勉強するんだけど、きょうはそれをさぼったの」

彼女は、鳴いた猫店員をなでなでした。やさしい手つきだ。

「ここは前から、猫がいる喫茶店だって聞いてたから……一度、入ってみたくて。うちは、おばあちゃんが動物はもうだめだって言うから、飼えないし。――ここの猫ちゃんは、みんな可愛いわね」

彼女はうっとりしながら猫を眺め、撫でている。すると、足もとにいた猫店員が、ぴょいっと彼女の隣に跳びのった。そして、自分も撫でろと言わんばかりに、彼女のスカートに額をぐりぐりと押しつける。ほかの猫店員たちも、鳴きはしないが、いっせいに彼女のそばに寄って、撫でてほしいようなそぶりを見せ始めた。

「ミルクコーヒー、お持ちしますね」

孝志はそれを機に、ソファ席を離れた。カウンターの前に戻ると、進次郎が微妙な顔をしていた。

「知り合いか？」

「えっと、……はい……でも、その」

孝志はカウンター越しに身を乗り出した。進次郎もすぐに気づいて身を寄せてくる。近づいたが、孝志は声をひそめた。

「ここに来たことを、内緒にしてほしいと言われたので」

「ああ、わかった」

進次郎は何故とも問わず、うなずく。こういうところが兄のありがたい点だった。わけがあることを察して理解しているのだ。

「ミルクコーヒーでいいんだな」

カウンターから身を離すと進次郎は問う。

「はい。あたたかいのです」

孝志がうなずくと、進次郎はシンクで手を洗い、後ろの戸棚から可愛らしいカップと受け皿を取り出した。手早くミルクコーヒーをつくる。それをカウンターに置かれたので、孝志はトレイにのせてソファ席へ戻った。

「お待たせしました」

ひと月近く接客をしてきたため、彼女がちょっと笑っても、孝志は澄まし顔のまま、カップをテーブルに置くことができた。

「可愛いカップね」

彼女は目の前に置かれたカップを見て、ほっと息をついた。それから、そっと把手に手をかけ、口もとに運ぶ。孝志はすぐにカウンターに戻る気になれず、それを見守った。

「とってもおいしい。やさしい味だわ」

「何も入れないんだね」

兄のいれた飲みものが褒められたのがうれしくて、孝志はつい、口をひらいた。

「甘い飲みものは、そんなに好きじゃないの。慣れてなくて……」

そこで彼女は、つい、と視線を上げ、孝志を見た。

もの言いたげだ。孝志はちらりとカウンターを振り返った。するとこちらを窺っていた進次郎が、軽くうなずく。孝志はそれを了解と受け取って、すぐに彼女に視線を戻した。

「村瀬くん、お兄さんのお店を手伝ってるって聞いたけど……」

「そう。あのひとが僕のお兄さん」

孝志は再びカウンターを振り返って答える。もう一度、彼女を見ると、不思議そうな顔をした。

「お兄さん。……仲良くないの？」

「どうして？」

仲がいいかよくないかなど、まだ会ってひと月程度ではなんとも言えない。孝志は兄をかなり好きだが、兄はどうかわからないので、曖昧にそう反問した。

「だって、お兄さん、だなんて。よそのお兄さんみたいだから」

孝志はちょっと笑った。どう説明したらいいだろう。というより、彼女は説明を必要としているのだろうか。

「よそよそしいかな。よくわからないよ。……君の家はもっと親しい感じなの？」

名前もわからないので、問いかける二人称に少し迷った。すると彼女は苦笑した。

「わたし、荒木《あらき》っていうの」

孝志の迷いを察しその意味を理解したように、彼女は名乗った。

「荒木さん。ごめん、まだ名前、憶えられなくて」

「いいのよ。だってまだ編入してきたばかりでしょ。……東京から来たのよね」

「うん。だからこのへんのこと、全然わからないんだ」

「びっくりしたでしょ、田舎だから」

そう言って、荒木はまた、疲れたように笑った。「うちも、……田舎の大きい家だから、お母さんが苦労してるの。わたしたちがおばあちゃんの思った通りにならないと、お母さんのせいになるから……」

彼女はそこで、深く溜息をついた。

憂鬱なのは、祖母のせいなのかもしれない。孝志はそう思った。とはいえ、そうなのかと尋ねることもためらわれた。同級生とはいえ、名前も憶えていなかった相手に、問われたからといって家のことを詳しく話す気にもなれないだろう。もしかしたら話したいのかもしれないが、聞いていいのか、孝志にはわからなかった。

「お父さんは仕事で忙しくて家には寝に帰るだけだし、お母さんはいつもおばあちゃんの言うことちゃんと聞いてるのに、叱られることが多くって、……だからわたし、家にはあまりいたくないの。兄もそれで家を離れたかったみたいで、遠くの大学に行って、二年くらい、お正月もお盆も戻ってきてないし。……わたしたち、女ばかり三人だけの家族みたいなの」

「それはたいへんだね」

「うん……」

彼女はうなだれた。カップを覗き込んでいるように見える。

「たいへん、よね。これって」

呟いた荒木はカップから手をはなすと、目もとを擦るようにした。

すると一匹の猫店員が、荒木の膝にのり、盛大に喉を鳴らして体をくねらせる。

「ああ、なあに、どうしたの？」

「撫でてほしいんだと思うよ」

「このお店の猫、人なつっこいのね」

「やっぱり、そうなの？」

孝志が訊くと、彼女は顔を上げてうなずいた。その手は膝の上の猫店員をやさしく撫でている。

「猫って、自分がかまわれたいとき以外は、かまわれたがらないものよ。こんな、会ったばかりの相手に寄ってくるなんて、あまりないわ」

「猫、飼ったことあるの？」

「子どものころ、いたわ。おばあちゃんの猫だったの。おばあちゃんにしかなついてなくて、うらやましかった。……あのころはおじいちゃんもいて、おばあちゃんも、今みたいな感じじゃなくて、楽しかった……」

彼女は、撫でている膝の上の猫をじっと見た。膝の上にいるのはしましま模様の猫店員だ。

「おばあちゃん、猫がいたころはとてもやさしかったの。……あの子が死んじゃってから、動物はだめって言うようになったわ」

「おばあさん、その猫が大好きだったんだね」

「そうよね……わたしもそう思って、だから……」

彼女は何か言いかけたが、そっと口を閉ざした。物憂げに、撫でている猫をじっと見つめる。

「……この子、……おばあちゃんの猫に似てる……」

再び口をひらいたとき、さっき言いかけたことをのみ込んだのを孝志は察した。

猫は喉を鳴らすのをやめて、じっと彼女を見返す。

「しましまの猫さんだったの？」

「うん。こんな感じ……ちょっと青く見えない？」

「青い？」

そう言われて孝志は改めてそのしましまの猫店員をじっと見たが、よくわからなかった。

「フクちゃん。あなたがフクちゃんだったら、おうちに連れて帰るのに……そうしたら、おばあちゃん、……前みたいにやさしくなるかもしれない」

荒木は、膝の上のしましま猫店員を、ぎゅっと抱きしめた。猫店員はそれがうれしいのか、盛大に喉を鳴らす。

孝志は慣れてきたのでやっとわかったが、猫が喉を鳴らすときの音は、ゴロゴロと表現されるが、実際に聞いてみると、ぶぶぶぶふぶ、とも聞こえる場合がある。進次郎が白猫になったときがそれだ。このしましまの猫店員の喉声も、ぶぶぶぶぶ、と聞こえた。

「どこの猫さんか、わからないから……」

本当に連れ帰るとは思わないが、念のため、孝志はそう言った。すると、彼女は猫店員を抱いたまま、びっくりしたような顔をする。

「どこの猫かわからないって……」

「近所の猫さんに来てもらっているんだ。もしかしたらそのフクちゃんの子かもしれないね」

「近所の猫なの？　ここにいるの、ぜんぶ？」

「そうみたいだよ」

孝志がうなずくと、荒木は目をぱちぱちさせた。そのさまはひどく可愛らしく、店に入ってきたときの憂鬱そうな雰囲気はすっかり消えていた。


一時間ほど経ってから、荒木は帰っていった。猫店員はさっさとソファ席から去り、テーブルにはいつ現れたのかいくつもの結晶がきらめいている。

「孝志くん」

カップと、散らばった結晶を集めてトレイにのせると、進次郎が呼んだ。

「はい」

トレイを持ってカウンターに行くと、進次郎は少し真剣な顔をした。

「家まで送ってあげなさい」

「え」

「女の子だ。このあたりは街燈も少ないし」

「……はい」

進次郎は心底、荒木のことを心配しているようだ。

孝志はトレイをカウンターに置くと、エプロンを着けたまま足早に外に出た。門から出ると、荒木は交差点で信号に止められていた。

「荒木さん」

小走りで近づきながら呼びかけると、荒木はびっくりしたように振り返った。

「どうしたの？　忘れものしたかしら？」

「お兄さんが、おうちまで送ってやれって。女の子だからって」

説明すると、荒木はちょっと笑った。

「いいの？　お店の手伝いは……」

「これもお店の手伝いだよ」

孝志が笑って言うと、彼女も笑った。

「ありがとう」

信号が変わるのを待って、ふたりで並んで歩き出す。歩調が異なることに孝志はすぐに気づいて彼女に合わせた。

渡ったところで彼女はすぐに道を曲がる。農協の前で、駅につづいている道だ。曲がっているので踏切は見えない。

「やさしいお兄さんね」

「うん。お兄さん、とってもいいひとだよ」

孝志は笑った。兄を褒められると純粋にうれしかった。

「先月、初めて会ったばかりなのに、やさしくしてくれる」

「って、お兄さんと？」

荒木は目を丸くする。

そこで孝志は軽く身の上を説明した。兄とは父親が同じこと。両親が亡くなったので兄を頼ってこの町へ来たこと。自分は辞めてもいいと思っていた高校へ、行ったほうがいいと忠告してくれたのは兄だったこと。

「複雑なのね」

一通り孝志が語り終えると、彼女は溜息をついた。「わたしなんかよりよっぽどたいへんそう」

「そうでもないよ」

孝志は肩をすくめた。「荒木さんのほうがたいへんそう。だって荒木さんは、お母さんも、おばあさんも好きなんでしょう」

「……うん」

荒木はこくりとうなずく。

ふだんは女ばかり三人で、そのうちのふたりがぎくしゃくした生活など、考えても孝志にはどんなものかわからない。だが、女ばかりでなくとも、家族の折り合いがよくないのはつらいことだ。

　農協と小学校の前を通り過ぎると、先にある踏切が見えてきた。その傍らには普通列車しか停まらない駅がある。農協を過ぎた次の角を、彼女は左に曲がった。そこから先は、古くて大きい家の並ぶ住宅街だ。昔からある家ばかりなのだろう。街燈も、進次郎が言ったように少なかった。

「わたし、何もできないの。おばあちゃんが怒鳴ると、怖くて」

「しかたないよ。怒鳴り声は誰のだって怖いし」

「村瀬くんも、そうなの？」

　荒木は目をしばたたかせた。「男の子は平気だと思ってた」

「そうでもないよ。僕、怖いのはきらいだし。臆病なんだ」

　事実なので恥ずかしくもなかった。孝志は強がることをめったにしない。

「それに、身内が怒鳴ったりするのは、余計にいやだよね」

　想像してみたが、むずかしかった。孝志の両親はどちらも穏やかで、声を荒らげることがほとんどなかった。孝志が何かして叱られるときも、懇々と諭されるばかりだった。友だちの家に遊びに行ったとき、その家にいた老人に、突然、うるさい、と喚かれたことがある。あんなふうに家の中で声を荒らげる者がいたら、さすがに自分でも萎縮する、と孝志は考えた。

兄はどうだろう。まだ知り合って間もないから、よくわからない。しかし兄に怒鳴られたら、自分が悪くてもそうでなくても、怖いし、悲しいだろう。それくらいは想像がつく。

「あら」

街燈を通り過ぎたところで、荒木は首をかしげて足を止めた。「いま、猫の鳴き声が……」

振り返ってきょろきょろしている。すると、くらがりからしましまの猫が現れた。

「あれっ」

さっきのしましま猫店員だった。

「ついてきたの?」

孝志が問いかけると、しましま猫店員は近づいてきて、かすかに鳴いた。何かを訴えているように聞こえる。

「この近くに住んでる猫さんなのかも」

「そうなのかしら。見たことないけど……」

荒木は足もとのしましま猫店員を見て、惜しそうな顔をした。「本当に、うちに来てくれるといいのに……」

「荒木さんのおうちは?」

「あそこ」

　荒木は前を向くと、少し先にある家を指した。

「じゃあ僕、ここで見てるよ。おうちまで送ったら家のひとに見られるかもしれないし……」

「ありがとう。きょうはいろいろ話を聞いてくれて、助かったわ」

　荒木はそう言うと、今までと違う、晴れやかな笑顔を見せた。それを見た孝志の脳裏を、テーブルに残っていた結晶がよぎる。あれが鬱屈の結晶なら、彼女はひどくため込んでいたのだろう。そして、猫店員に癒されて、鬱屈の結晶が落ち、スッキリした。それだけだ。彼女を悩ませる事態は何ひとつ解決していない。

　だが、と孝志は考える。すっきりできたなら、それはそれでよかったのではないだろうか。

「少しはすっきりした？」

「うん。ちょっとはがんばれそう。もしかしたら進学先を、獣医学部のある大学にしたいって、言えるかも」

「荒木さんは獣医になりたいの？」

「ううん。獣医よりは、……イルカの調教師になりたいの」

　ためらっていた荒木は、やがて真顔になった。その頬がわずかに上気している。

「本当はシャチの調教師になりたいんだけど……国内でもシャチのいる水族館は少ないし、イルカも好きだから、イルカのそばにいたくって」

「すごいね」

ひそめた声や頬の赤みから彼女の情熱を感じて、そんなふうに好きなものがあることを、孝志は少しうらやましく思った。

「あの……でも、きょうのことは、内緒にしてね」

「うん。誰にも言わないよ」

孝志がうなずくと、荒木はホッとしたようだった。

「ありがとう、村瀬くん。おやすみなさい」

そう言うと、彼女は小走りに家のほうへ駆けていく。門から入るとき、ちらりと孝志を見て手を振り、中へ入っていった。

孝志はしばらくその場に佇《たたず》んでいた。

少し気になったので、家に近づく。すると、中から誰かの怒鳴り声が聞こえた。かすかに聞こえただけで、なんと言っているかはわからない。だが、その声に、近くで聞いたらびっくりしただろうなと孝志は思った。あれが荒木の祖母なのだろうか。

そんなことを考えている孝志の脇を、しましま猫店員が駆けていった。

「あっ」

　孝志は思わず声をあげた。しましま猫店員は、するりと門の下から、まだ怒鳴り声のしている家の中へ入っていく。

　もしかしたらあの猫は本当に、荒木の祖母の猫なのかもしれない。ふと、孝志はそんなことを考えた。

「ふん。うまくやったな」

　後ろから不服そうな声が聞こえて、孝志はとび上がりそうになった。慌てて振り向くと、街燈の下に黒い姿が立っている。

　みかげだ。

「……どうしたんですか？」

「どうもこうもあるか」

　孝志は、張り上げなくても声が聞こえるほどまで近づいたが、みかげは逃げなかった。腕を伸ばせば届いただろう。しかしみかげは猫に戻る気配もないまま、美しい顔を孝志に向けている。

「福太郎《ふくたろう》を家に帰せるとはな」

「どういうことです？」

　会話がかみ合わないのは猫だからかなと孝志は思いつつ、辛抱強く訊いた。

「あいつは死んだあと、迷っていたんだ。やっと飼い主のもとに戻れた」

孝志はただただ首をかしげた。

「よくわからないんですけど……」

「ええい。多少は察しろ」

みかげは怒った。しかし孝志も退かない。

「それ、よくないですよ」

「なんだと」

孝志の反論が意外だったようだ。みかげは目を軽く瞠った。

「察しろって言いますけど、人間と同じように言葉が使えるんだから、言ってくれないと、こっちはわからないです。そんな思わせぶりな態度をとるなんて、こっちの気をひきたいとしか思えないですよ」

孝志が言い終えると、みかげはぽかんとした。絶世の美貌の男がそんな顔をすると、みょうに可愛らしかった。

「き、貴様……」

「みかげさんって猫なんですよね」

「猫又だ」

みかげは声をひそめたが、その声には明確な怒りが滲んでいた。

「人間の姿になれるのはどうしてですか？」

「そ、それは……そういう、ものなのだ」

　曖昧な答えに、孝志は思わず鼻でわらった。

「僕、知ってますよ。あやかしが人間の姿に変化するのは、人間を好きだからですよね。話したり、一緒にいたりするのにめんどうが少ないから……」

「だまれ」

　みかげは黒い手袋をした拳を握ってぶるぶると震わせた。殴りたいが殴れないのだろう。おそらくみかげは、孝志を殴れば、――触れれば、猫に戻ってしまうはずだ。つまり孝志は猫に殴られることになる。それくらいは屁でもないが、みかげがそうしないのは、まだ話すことがあるからだろうと察した。

「姿を真似て変化するほど人間が好きなのに、言葉を尽くさずに察しろというのは、どうにも僕としては納得できないですよ。もったいぶらずに、その福太郎さんがどうとかってのもさっさと説明してくれていいんですよ？」

　孝志が一歩近づくと、みかげは一歩下がった。孝志はそれもかまわず、さっさとみかげに近づいていく。みかげは孝志が近づけば下がるばかりで、逃げる気配もない。やがて来た路地を抜けて通りに出た。通りといっても誰もいない。みかげはその角を曲がって、農協の前で止まった。

　近づいても逃げなくなったので、さすがに孝志はさわれない程度の距離をあけ、みかげと対峙する。

「みかげさんは、お兄さんに怒ってますけど、どうしてなんですか?」

「……貴様は、いったいなんなのだ」

みかげは困惑しきったように呟く。「福太郎を家に帰したくせに、我を責める。やさしいのか、やさしくないのか」

「やさしいっていうか……だいたい僕、福太郎さんなんて知らないですけど」

「あの縞模様の猫だ」

みかげはそこで、悲しげな表情を浮かべた。美しい貌でそのような表情をすると、孝志も不思議と悲しい気持ちになった。

「あの猫さん、福太郎さんっていうんですか」

「そうだ。……さっき貴様が送っていったあの娘の祖母は、中学を出てすぐあの家に嫁いだ。実家に借金があったので、その肩代わりとしてな。とはいえ夫婦仲は悪くなかった。ただ、姑が嫁を、無学だといびったものだ」

いきなりみかげは語り出した。自分に対して困惑しているようなのに、何をしゃべり出したのかと孝志は考える。こういうとき人間だったら、さきほどの荒木のように、話すことで自分の抱え込んでいるものを吐き出しているはずだが、あやかしはどうだろうか。

「どうぞ、つづけてください」

　みかげが間を置いたので、孝志は急かした。みかげはややムッとする。

「貴様は情緒というものがないのか」

「あやかしにそんなこと言われても」

　思わず笑ってしまった。みかげは溜息をついた。

「貴様、得体のしれんやつだ」

「僕のことはいいですから、つづけてくださいよ」

「……とにかく、姑にはいびられたが、夫婦仲は睦まじく、やがて息子が生まれた。だが、何か月かして亡くなってしまった。寝ているあいだに俯《うつぶ》せになって呼吸ができなくなったのだ」

「もしかして、そのお姑さんが殺したんですか？」

「……そこまで悪辣《あくらつ》ではない。偶然だ。ただ、姑はそのとき家にいたが、赤ん坊を見ていなかった。嫁は姑を責めなかったが、夫である息子は母に対して距離を置くようになり、息子夫婦と姑の確執は死ぬまで解消されなかったな。……そのあとにまた何人か子どもが生まれたこともあって、最初の赤ん坊のことは忘れられがちになった」

「それから？」

　この通りを行けば駅はあるが、電車はこの時間帯になると一時間に一本停まるのがせいぜいだ。車もめったに通らない。だから誰も通りそうになかったが、孝志は先を早く知りたくて促した。

「それから、……確執のあった姑が大往生して、舅も亡くなり、代が変わった。末の息子が跡を継いで、そのあとは平和だったな。生まれた子どもたちは巣立っていった。嫁だったが今度は祖母になった者は、少しもらった嫁が子どもを産んだあたりから、嫁だったが今度は祖母になった者は、少し言動が荒くなった。自分が息子を死なせたことがあるせいで、最初の孫の子育てに口を出すことが多く、息子の嫁は困ってしまった。……そこへ、福太郎が現れてな」

「しましま猫さんですね」

「……福太郎がなつくので、嫁だった者は可愛がるようになった。孫に対してかまいすぎるのもそれでおさまった。しばらくはそれでよかったが……さっきの娘」

「荒木さんですね」

「あの孫娘が生まれ、長じるにつれ、美人で賢かったと近所では評判だった死んだ姑に似てくるので、嫁だった祖母の心の底でもやもやが溜まっていった。だが、福太郎がいたので、まだよかったんだ……」

「福太郎さん、亡くなったって聞いてますけど」

「それ以来だ。あの孫娘のことで、祖母は、あれこれと口を出し、難癖をつけるようになった」

「なるほど」

ひととおり聞き終えると、孝志はうなずいた。「よくある嫁と姑の確執が孫に向かったんですね」

「……貴様は本当に、いったいなんなのだ」

みかげは深く溜息をついた。

「僕は僕ですよ。……で、さっきのしましま猫さんはそのおばあさんの可愛がっていた猫の死霊で、迷っていたのが家に戻れたんですね。だったらおばあさんも、これからは荒木さんにやさしくしてくれるんでしょうか」

「それはわからぬ」

みかげははっきり答えた。

「ええ。死んだ猫さんが戻っていって、こう、ふわっと何かあって、意地悪ばあさんがやさしくなるっていういい話じゃないんですか、これって」

「そんな単純に物事が解決すると思うか？」

ふん、とみかげは鼻でわらった。

「それもそうか。みかげさんみたいな、自分が怒ってる理由を話さないけど察しろなんていうひねくれ者もいますしね」

「貴様は本当に口が減らんな」

みかげは忌々しげにその顔をしかめた。孝志は思わず、一歩、近づいた。しかしみかげは下がらない。手が届きそうになった。

なのに、みかげは人間の姿のままだった。

「あれ？　こんなに近づいたのに、猫に戻らないんですか？」

「夜だからではないか。そんな気がする。夜は我々の領分だ。貴様程度の魔除けなど、たいした影響もないのだろう」

みかげはふん、と顎を反らせた。

そこで孝志は、手をのばしてみかげの腕を掴んだ。

すると、にゃっ、と声がした。孝志が掴んだとたん、みかげは黒猫に転じていた。前肢を掴まれた黒猫が、ぶらんと手からぶら下がっている。痛そうだったので慌てて孝志は黒猫をきちんと抱っこした。

猫は本当に掴みどころがないな、と孝志は思う。抱っこをすると、つるりぬるりと逃げようと動くさまに翻弄される。猫店員の世話で少しは慣れてきたはずだが、みかげは激しく動くので、しっかり固定しづらかった。

「僕がさわるとやっぱり猫になっちゃうんですねえ」

孝志はそう言いながら、抱いた黒猫の背を撫でた。

黒猫は怒ったように唸っている。

「猫になると言葉もわからないな」

それが残念だった。猫店員が話しかけてくる気配は感じられるが、何を言われているかはさっぱりわからない。

進次郎も、猫になったときはともかく、人間のときは、猫に何を言われているかなど、よくわからないという。しかし彼はまったくわからないわけではなく、餌がほしいと撫でてほしいくらいはわかるようなのがすごいと孝志は思う。

とにかく兄はすごい。

『貴様、わかっていてやったのではないのか』

「わあ。しゃべれるんですか」

黒猫が腕の中で唸るように言ったので、孝志は目を丸くした。

『我は猫又。少しくらいの魔除けではさほど……くそ、それにしてもおまえはちくちくする』

「すみません。でも、さすがに猫又ですね」

孝志はそのまま歩き出す。

『おい、どこへ行く』

「どこへも何も、帰るんですよ。ずいぶんお店をあけちゃったから、お兄さんが困ってるかもしれないし」

『おい、よせ』

黒猫は腕の中でぐねぐねした。覗き込むと、困り切った顔をしている。目が真っ黒だ。それがひどく可愛らしかった。

「なんでですか」

『連れていくな』

「じゃあ、ちょっと教えてください。僕、魔除けの性ってやつなんですけど、さっきのしましま猫さんは、そばにいても平気でした。これってどうしてなんでしょう?」

『ものを教えてくれと乞うなら、供物《くもつ》をよこせ』

「あやかしはこれだから……」

ふぅ、と孝志は溜息をついた。

あやかしにものを尋ねるときは必ず何か引き換えにするものが要るのだ。対価、と両親は言っていた。何も与えないまま得ることはできないのは孝志にもわかる。さらに、あやかしだけに負債を負わせると、のちほどそれが何倍にもなって戻ってくるとも言われた。

「じゃあ教えてくれなくてもいいですよ。ちょっと気になっただけだし」

『貴様は魔除けだ。よろしくないものを痛めつける。だが、死霊すべてがよろしくないわけではない』

そう告げるなり、黒猫は激しく孝志の腕を蹴って、地面に跳びおりた。

「痛い！」

孝志は思わずちいさく叫ぶ。見ると、少し離れた場所で黒猫が鎮座していた。首の白い部分は、陰になって見えない。

黒猫は、ニヤニヤしていた。

『今の傷が対価だ』

「ふうん。魔除けでも、みかげさんは僕を痛めつけることはできるんだ」

『我が本気になればたやすいこと』

「でも、たいした傷じゃないですよ」

確かに蹴られた腕は痛い。押さえると打ち身のようなじんわりした痛みがある。だが、さほどではない。痕になっていても、すぐ消えるだろう。

「とにかく、死霊がみんなよろしくないものではないってことですね。確かに、あやかしも、すべてよろしくないってわけではないみたいですしね」

みかげの説明で、孝志は納得した。深く考えるのが煩わしかったせいもある。それに本当のことなど、ほかの場合も判明するほうがまれなのだ。だから孝志は、ひとつのことに固執する意味はないとも思っていた。

『我は貴様と進次郎にとってはよろしくないものだぞ』

「そうでもないと思いますよ」

孝志はちょっと笑った。可愛い黒猫に凄まれてもたいして怖くはない。ただの黒猫なら怖かったかもしれないが……相手は人語を解するのだ。

みかげはもしかしたら、淋しいのかもしれない。ふと、孝志は考えた。本当に人間が嫌いなら、わざわざ人間の姿になり、言葉を交わそうなどとはしないものだ。好きだけど、嫌い。そんな気がした。

「ねえねえみかげさん」

『なんだ』

今も、去ることなく孝志を見ている。愚かなのか、単にお人好しなのか。あやかしがお人好しというのもおかしな話だが……

「もしかして、猫店員さんは、みんな死霊なんですか?」

『……答える義理はない』

みかげはそう言うと、くるりと背を向け、だっと駆け出した。

黒猫はあっという間に農協の駐車場を横切って、姿を消した。

孝志が戻ると、新しい客が来ていた。いつも遅くに現れる、疲れたようすの中年の女性だった。仕事帰りではないようだ。

兄はオムライスをつくっていた。テーブルに出ているメニューには、飲みもの以外はデザートのアイスクリームしか載っていないが、注文でオムライスと言われれば、進次郎は作っている。以前つくっていたことを知っていて、食べたことのある客が、メニューも見ずに注文するようだ。それを見て、同じものを、と求める客がいるので、一日に二度か三度ほど出ることがある。

その客が帰っていくと、もう新しい客が来ることはほとんどない。日付が変わる直前に、孝志は看板をしまうために門まで出た。進次郎はすぐ忘れるので、看板をしまって扉に「休憩中」の札をかけるのは孝志の役目になっていた。

「あの子、ちゃんと送れたか？」

外した看板を門の内側に立てかけてから門を閉め、扉に札をかけて中に入ると、カウンターの中でカップをかたづけながら進次郎が尋ねてきた。孝志は迷ったが、彼女が黙っていてほしいと言ったと前置きをしてから、ことのあらましを語った。

「荒木さんか。名前と家はわかるが……その道の向こう側の家のことはよくわからないんだよな」

進次郎がそう言うので、少し驚いた。

「そういうものなんですか？　なんとなく、こういうところはご近所さんのことはみんな詳しいんだと思ってました」

「いや、俺以外はそうだと思うぞ。俺が知らないだけで……じいさんなら知ってたかも」

進次郎はちょっとばつがわるそうな顔をした。「ご近所づきあいはじいさんの得意技だった。おかげで俺は、俺の知らないところでも、みかげ庵の進ちゃんと言われて辟易したが……今でも心配してくれるひとはいるから、ありがたいさ」

「みかげ庵の進ちゃん、ですか」

まるで親戚のようだなと孝志は思った。地域に根づいている店だとそうなるのだろうか。しかし夜間営業しかできない今は、そうしたつきあいも遠のいてしまうのではないか。

「それにしても、荒木さんちといえば、猫になって行くと、お年寄りがいて、いつも何かしらくれるんだよな」

「お年寄り……おばあさんですか？」

「ああ。猫にはやさしいおばあさんだ。嫁には当たりがきついみたいだけど……」

「その、荒木さんをおうちに送ったあとで、みかげさんに会ったんです」

「ミケに？」

洗ったカップを拭っていた進次郎は、ふと動きを止めた。

「みかげさんですよ」

念のため、孝志は訂正した。「みかげさんが言うには、荒木さんのおばあさんはお姑さんとうまくいかなくて、最初の息子さんも亡くしたけど、猫を飼っているうちはやさしかったそうです」

「へえ……それは初めて聞いたな」

進次郎は、気の毒そうな顔をした。「しかし、猫か」

「でもその猫が死んじゃってから、ひどいおばあさんになってしまったとか」

「ひどい？　俺にはやさしかったけどな。あ、猫の俺にだが……」

つまり荒木の祖母は、孫である荒木が姑に似ていて、確執を思い出して気が立つのだろう。孝志は単純にそう考えた。

「まあ、ひとにはいろんな面がありますからね……」

「孝志くんはずいぶん達観したことを言うな」

進次郎はちょっとびっくりした顔つきになった。

「達観……というわけではないですけど、……それで、帰りにしましまの猫店員さんがついてきてたんですけど、その猫店員さん、荒木さんのおうちに入っていったんです。みかげさんが言うには、福太郎が帰っていったって。そのおばあさんの、猫だったみたいです」

「うん？」

話す順が前後したからか、進次郎は戸惑った顔になった。

「さっき、荒木さんになついていた猫店員さんが、しましまだったんですけど、その猫店員さんが、おばあさんの飼っていた福太郎さんだったみたいです」

「けど、荒木さんのおばあさんの猫は死んだんだろ……」

進次郎はそう言ってから、ぎょっとしたような顔をした。

「そうです。だから、猫の幽霊が、店員として来てくれてたみたいですね」

はっきり孝志がそう告げると、進次郎は硬直してしまった。

「そ、それは、つまり……」

「化猫ってやつです」

「！　！」

手にしていたカップを取り落としそうになり、進次郎は慌てた。カップはなんとか落下せずに済んだ。

「孝志くん……君でも冗談を言うんだな」

どうやら進次郎は冗談として処理するつもりらしい。孝志は少し考えたが、首を振った。

「お兄さん、冗談ではないんですよ」

「……おい」

進次郎が怖い顔をした。「ひとを怖がらせようなんて、趣味が悪いぞ」

「そうじゃないんです」

今までだったら、怖いんですか？　と、本気で疑問に思って返していただろう。だが孝志はそうしなかった。進次郎が化猫を怖いというなら、自分のそばから離さなければいい。そうすればあやかしの影響は及ばない。

とにかく、いま重要なのは正確に伝えることだと思いながら言葉を継いだ。

「そうじゃない、とは」

「僕は怖がらせたいわけじゃないです。本当に、あのしましま猫店員さんは、猫の死霊、つまり化猫だったんですよ。みかげさんにいちおう訊いたんですが、たぶん、ほかにもそういう猫店員さんがいるような感じでした」

進次郎は黙って、じっと孝志を見た。

気を悪くさせてしまっただろうか。孝志は危ぶんだ。だが、あやかしが身近にいるとしても、自分がいれば何もわるいことは起きない。

「ほかにも……化猫が……？」

進次郎は、そっとカップを食器置き場に置いて、呟いた。

「たぶんですけど……」

そんなに怖かったのだろうか。もしかして進次郎は、幽霊などが苦手なのだろうか。孝志は心配になってきた。それとも。

いわゆる幽霊や、不思議なこと、オカルト的なものを、恐怖のあまり忌避しすぎて、その話題を出されると異様に怒る者もいる。もしかして、進次郎もそうなのだろうか。だとしたら、この話をするべきではなかったかもしれない。今さらのように孝志はそう考えて、自分が浅薄だったと気づく。

「ここの猫店員は、俺が声をかけて集めてるんだが、つまり、俺が、死んだ猫も、そうと気づかずに連れてきてるってことなのか……？」

進次郎はしかし、怒ったわけではないようだった。不思議そうに呟く。

「……みたいです」

しかし、言われてみればそれも奇妙な話だ。ふつうの人間には幽霊、――死霊など見えない。見える者と見えない者がいるが、それは感覚器官の差だ。

孝志は、両親から聞いた話を思い出した。生きているものはどんなに気配をひそめても、必ずどこかで音を出している、という話だった。音はつまり波長であり、死霊を含むあやかしも、波長を出している。それを目で捉えるから見える、という説明をされたが、孝志は当時まだかなり幼かったので、ただ首をかしげるばかりだった。

音の響きが鼓膜を打って震わせることで音が聞こえると認識するように、視力も波長を捉えている。あやかしは人間と異なる層に存在しており、その像を感知できる視力を持つ者が見える、というのは今の孝志にはなんとなくわかっている。

だが、それを説明するのは孝志の今の話術ではむずかしすぎた。それに、その理屈からいえば、みかげと接触している進次郎はあやかしを見ることができるはずだ。以前、孝志の体質を説明したときに確認したが、見えない、ときっぱり断言していた。孝志自身も、自分があやかしを寄せつけないと思っていたから、みかげが見えること自体、意味がわからない。

「しかし俺は幽霊を見たことがないぞ」

「ですよね」

つまり、矛盾している。

「そのしましまの猫は、幽霊じゃないんじゃないか？」

進次郎がそう考えるのも無理はないだろう。しかし。

「もしくは、猫のときは、幽霊が見えるとか……猫の幽霊だけ見えるとか……」

「えっ」

進次郎は目に見えて動揺した。怖いかどうかはともかく、幽霊が見えるのはやはりいやなようだ。

「やっぱり、幽霊とか見えるの、いやですよね……」

「いやっていうか……まあ、そうだな。いやだな」

進次郎は微妙な顔になった。怖がってはいないようだ。

「怖いわけではないんですか」

「怖いっていうか……」

尋ねると、考え込んだ。自分の気持ちをうまく言葉にできないのではないかと孝志は察した。

「いろいろ考えてしまう」

息をついてから、進次郎はぼんやりと呟いた。

「考える、とは……？」

「なんで死んだのかな、とか、無念だから出てきたのかなとか、……考えるっていうより、いろいろ気になるという感じかな」

孝志は戸惑った。

「それは、……よくない、かも」

「な、何が」

進次郎は怯《ひる》んだ。

「それは、同情につながるから……死んだ者を憐れむと、何かしてくれるんじゃないかと勘違いされて、ついてきちゃいますよ」

「脅《おど》かすなよ」

「脅しじゃないですけど……でも、お兄さんはやさしいから……」

言いかけて、孝志はハッとした。やさしいなどと言われると、進次郎は怒るのではないか。それに気づいたからだ。

だが、進次郎は神妙な顔をしていた。

「やさしいわけじゃないが、俺は、……死んだら何もできなくなるから、それなのに、もし本当に幽霊として出てきてるなら、気の毒だと思うだけだ。何もできないのにそこにいるわけだから」

やはり孝志は進次郎をやさしいと感じた。孝志は死霊に対してそんなことは思わない。ただ、無念があるのだなと考えるだけだ。憐れんではいけないと親に言われたせいもあるが、自分は死霊に何か求められても叶えることはできないし、それ以前にほぼ感知できないし、もしできても特に頼まれもしないことをするつもりもないので、黙っているしかないだろう。

しかし、進次郎は違う。根が親切なのだろう。当人は認めないかもしれないが、もしかしたら困っているひとを見たら放っておけないレベルなのではないか。

「気の毒ってことは、お兄さんは、もし幽霊が、困っているから助けてと言われたら、どうしますか？」

「いや、俺は幽霊なんて見ないし」

進次郎は頑固に言い張る。

「たとえばの話ですよ」

「……助けてって言われてもなあ……できることとできないことがある」

「できることだったら、助けるんですか？」

「そうかもしれんな」

やっぱり親切じゃないか、と孝志は思ったが、言わずにおいた。

孝志が黙っていると、進次郎はつづけた。

「情けは人のためならず、って言うだろ？」

「それって、情けをかけるのはよくないって意味じゃないんですか？」

孝志は目をしばたたかせた。

「いやいや。正しくは、誰かを助けたら、それが回り回って自分を助けてくれることもある、という意味だぞ。……君は俺をやさしいと言うが、べつにやさしいわけじゃないと俺が主張するのは、そういう打算があるからだ」

進次郎は、真剣な顔をしてつづけた。「だから、俺はやさしくも、親切をしてるわけでもない。俺が困ったときに助けてほしいだけだ。……弱い人間なんでね」

「なるほど」

孝志はうなずいた。

実際、誰かを助けて、その結果、自分が救われることもあるだろうとは思う。頭ではわかっているし、孝志だって、弱い者に助けを求められて、それが自分にできることなら、するかもしれない。だが、しないかもしれない。それは、わからない。

だが、いつか自分の助けになるからと考えているとはいえ、進次郎は求められればためらわず助けるだろう。

そんなふうでは、心配だ。

「わかりました。だけど、死霊……幽霊には、あまり関わらないほうがいいと思います」

「そうは言うけど、死んでても、あのしましまみたいに生きてるように見えるんだったら、見分けがつかんぞ」

「猫はいいんじゃないですかね。……というか、わるいものだったら、僕がお店にいる限り、入ってこられないですよ」

「そういうもんなのか？」

「僕は魔除けだって言ったでしょう。どうも、あやかし全般を寄せつけないわけではないみたいですが。みかげさんがそう言ってました」

「ミケが」

「みかげさんは、僕をちくちくすると言ってましたから、ちょっとよくないみたいですけど」

何故、進次郎は頑なにみかげをミケと呼ぶのだろう。孝志は不思議に思った。

「あいつは悪いやつだろ。俺を呪ったんだし、……とはいえ、呪われるようなことをしたから、俺も悪いんだが」

俺は悪くない、と言えれば、呪いもかからなかったかもしれないのにと孝志は思ったが、やはり言わずにおいた。今さら言っても仕方のないことだし、何よりそんなふうに考える進次郎が兄であることがうれしかったのだ。

自分は悪くないと頑なに信じ込んでいる者より、自分にも悪いところがあるかもしれないと疑う者のほうが、孝志にとっては信頼に値すると思える。人間は不完全だから、間違えないはずなどないのだ。

「早く呪いが解けるといいんですが……」

「そういえば、さっきのあの子のおかげでまた結晶が十個になったんだ。今から行ってみる」

「僕も行きますよ」

孝志が先に立って、奥へ向かう。裏口にはもう孝志用の下履きが置いてあるので、脱いだ靴はそのままにした。

裏口から外へ出ると、ライトがつく。
当たるといいな、と思いながら、孝志は祠に歩み寄った。

四 さようならの猫

梅雨に入ると、店を訪れる猫店員は少なくなった。

相変わらず進次郎は昼間は白猫になるが、猫のうちは外に出なくなったのだ。

進次郎は白猫になる。雨が降っていなくても、雨上がりの道を歩けば汚れやすい。

それがいやなのだそうだ。

それだけではなく、猫でいると、雨が降っていなくても湿度が高いと眠くてたまらなくなるという。そして今年の梅雨は、梅雨入りしたと宣言されても、雨が降るより曇りがちの日が多かった。

曇りがちで湿度が高い。孝志は自転車通学なので雨が降らないのはありがたかったが、それでも雨具の準備は欠かせなかったので、荷物が増える。いつ雨になるかわからないので、雨合羽を持ち歩かざるを得ないのだ。進次郎が高校のときに買ったもののほとんど使わなかったという古い銀色の雨合羽は、かさばってひどく重たかった。しかし濡れるよりましだ。

学校ではあれ以来、荒木と少し話したりするようになり、そうするうちに同級生の顔や名前も憶えられてきた。学校は穏やかで楽しい場所だった。それが本当に孝志にはありがたかった。

毎日が、うっすらと楽しい。ものすごく楽しいことはないにしても、満月の日は帰宅すると進次郎と一緒に買い出しにも行った。

そして、梅雨のまま七月に入った。


その夜は厚い雲が夜空を覆っていて、雲の白さで逆に明るいほどだった。近所に高い建物はないので、空が広い。夜になっても空が薄暗い程度で、それでも雨は降りそうになかった。

客はぽつぽつと来たが、いつもと同じだった。

十時を過ぎたころに、週に二度ほど来る中年の女性が来たが、ぼんやりしていて、孝志が注文を取りに行くと、ハッとしたような顔をした。

「あら……どうしてここに来ちゃったのかしら」

彼女は、自分でもわからない、という顔をした。注文をとってもいいのだろうか、と孝志は迷ってカウンターを見た。すると進次郎はうなずいた。

「どうなさいますか？」

尋ねると、彼女は困ったように微笑んだ。

「ほんとは帰らないといけないから……コーヒーだけでいいわ」

「はい。ブラックでよろしいですか」

この女性はコーヒーを頼むとき必ず、ブラックで、と言う。コーヒーに入れるコーヒーフレッシュを断っているのだ。断られない限り持っていくので、それはありがたいことだった。

「そうしてください……」

いつも疲れているようすの女性だが、いつにも増して疲れ切っているようだった。この時間帯に来るときはたいていオムライスを注文してゆっくり食べて帰るのだが、注文してから運ぶまでのあいだにうつらうつらしていることもある。

孝志が注文をとってカウンターに戻ると、ほかに客がいなかったのもあってか、猫店員がわらわらと彼女に寄っていく。そのうちの一匹が、彼女の隣の席に跳びのると、すぐに膝にのった。彼女は、ちょっと笑った。

「可愛いね。猫は、いいねえ……でも、もう飼えないなあ……」

手早く進次郎が入れたコーヒーを持っていくと、彼女はなんだか泣きそうな顔をして猫を撫でていた。

「猫、飼ってるんですか？」

「きょう、死んじゃったの」

顔を上げてそう言われ、さすがに孝志は絶句した。迂闊《うかつ》に尋ねるべきではなかった、と察した。

「……ごめんなさいね」

彼女はかすかに微笑んだ。「長いこと飼っていたけれど、……本当に、今も信じられなくて……父が入院してからずっとごはんを食べなくて、……もともと歳を取っていて体が弱っていたのだけど、けさ、亡くなってしまったの」

彼女はそう言うと、ふと、振り返るようなしぐさをした。「午後にお骨にしてきたばかりなのよ。今の時季は傷みやすいから早いほうがいいかと思って……」

そちらは駐車場のほうだと孝志は気づいた。

「それは、……残念でしたね」

「もうすぐ父も死ぬわ」

彼女は膝の上の猫をやさしく撫でながら、淡々と呟いた。「癌が再発したの。再発してから、もう長くないって言われて……それでも二か月くらいかな。それで、わたしが毎日、入院先に行っていたんだけど、今週のはじめに、危篤なので身内に知らせてくださいって言われて。あした、近い親戚と兄弟が来る予定なんだけど……」

ますます、なんと言っていいかわからなかった。

孝志の両親も今は亡い。そして目の前の女性はそれなりに歳を取っている。それでも、すでに亡くなった相手より、死に瀕している肉親のことを考えなければならないほうがつらいだろう。

彼女が撫でている猫店員が、にゃあ、とかすかに鳴いた。彼女はそれを、そっと抱きしめる。

「わたしが猫を拾ったとき、父は、そんなの殺してしまえなんて言っていたのよ」

「それは、……ひどいですね」

「でも、父がいちばん、みあちゃんを可愛がったわ。いつも姿が見えないと、どこ行った、ってさがして……以前に大きな手術をしたから体を動かすのが億劫になっていたのに、それでもうろうろしていたわ。みあはあまりお父さんを好きじゃなかったみたいだけど、お父さんがトイレに行くときは、いつも前を歩いていたわ。自分で案内してるつもりだったみたい」

そう言いながら、彼女はちょっと笑った。孝志はハラハラした。ずいぶんと精神の均衡を欠いているように見えたからだ。そう思わせられる笑顔だった。

「兄弟でわたしだけ結婚していないから、ずっと父のめんどうを見ていたの。母はとっくにいないし……ほんとうに、いやなことばかり言う父で、再発したと聞いたとき、ちょっとホッとしたのよ。これでお別れできるって。でも、……みあちゃんが先に死んじゃうなんて……」

　ふう、と彼女は溜息をつく。「ばちが当たったのかもしれないわ。親が死ぬかもしれないのに、ホッとしたりなんかしたから」

「そんなことないですよ……」

　気休めとわかっていたが、孝志はそう言わずにいられなかった。

　前の学校で、家族と折り合いの悪い同級生がいた。正しくは、親に要らない子だと思われていた生徒だった。本人はそんなふうに自分を称した。事実はどうかわからないが、兄と姉がいて、三番めの自分は予定外だったから何をしても気に入らないんだと淡々と語っていた。勉強がよくできたのは、本を読んだり勉強をする以外に何も楽しいことがないからだとも言っていた。家で居場所がなく、いつも図書館に寄ってから帰っていたらしい。

　どうしてそんな話をしたか、わからない。確か、林間学校のときだったか。グループに分かれて山の中を歩いているとき、草花や昆虫の名前に詳しいその生徒に感心したのが発端だった気がする。穏やかで、ふだんは無口な生徒だった。

　ひとにはいろいろな裏側がある。孝志だってそのときには、両親がほとんど家にいなくてひとりで生活しているようなものだったから、浅いつきあいでも言葉を交わせる同級生と会える学校は楽しかった。そのときは、相手が、大学は家から通えない遠くに行くんだ、と言うのを聞いて、苦労してるなあ、と思ったくらいだった。

あの生徒は今も、家で肩身の狭い思いをしているのだろうか。自分を疎む家族を愛してくれないと憎むこともなく、諦めのうちに生きているのだろうか。

「でも、いやなじいさんなのよ、うちの父って。だから兄弟の誰もめんどうを見たがらなくて、末っ子のわたしが独身だからって押しつけられたようなものよ。在宅でできる仕事なのもあってね」

彼女はまた笑った。笑っていないと泣いてしまうのかもしれない。

「父が、痛いから湿布を貼ってくれと言うから、貼ってあげても、そこじゃない、って怒るの。どこかわからないから場所をちゃんと教えてって言うと、言わなくてもわかれって言うのよ」

「それは困りますね。言われないと、何をどうしてほしいかなんて誰にもわからないのに……」

そこで孝志はみかげを思い出した。

みかげも、進次郎に怒っている。進次郎が祖父に苦労させたことを怒っていると言うが、それ以外にも何かあるだろうと孝志は予測していた。だが、無理にきき出しても、みかげは語るまい。二度会っただけだが、きけばきくほどよりいっそう口を閉ざすことは想像に難くなかった。

「些細なことくらい察しろってよく言われたけど、おかしいわよね」

　彼女は少し怒ったように言うと、猫店員を撫でていた手を止めて、コーヒーに口をつけた。

「そうですね。せっかく口がきけるんだから、コミュニケーションをとってくれないと、対応しきれないですね」

「その父がね。きょう、もういい、って言ったの」

　彼女は震える手でカップを受け皿に置いた。

「もういい？」

「ずっと、長生きしたいって言ってたのに……再発したときも、治療したいって、なのに、……もういい、って。ぎょっとしたわ。みあちゃんが死んだこと、言ってなかったのに、知ってるみたいな気がして」

　もういい、とは、もう死んでもいい、という意味だったのかと孝志は考えた。もしかしたら、死んだ猫が会いに行ったのだろうか。

「みあちゃんが待ってるから、早く治して、って言ったわ……お骨が車にのってるのにね。……この子、みあちゃんに似てるわ……」

　猫店員を撫でながら、彼女は呟く。孝志は改めて、彼女の膝の上で喉声を鳴らしている猫店員を眺めた。白黒のぶちで、ありふれた模様だ。よくいる猫だ。

「お気に召したら、存分に撫でてあげてください。ここに来る猫店員さんは、みんな、撫でてもらうのが大好きなんですよ」

「そうね。……撫でてもらいたい猫がいて、猫を撫でたい人間がいるなら、撫でるしかないわね」

彼女はそう言うと、ふたたび、そっと猫店員を撫で始めた。

彼女が帰ると、日付が変わるまで誰も来なかった。

「またすごい数だな」

帰ったあとのテーブルに残った結晶は、荒木のときより多かった。

「これ、二回分くらいになりませんか？」

彼女以外の客も何組か来ていて、そこそこの数の結晶を出していったので、それだけで十個はとうに超えていたはずだ。

ひとまず店じまいをそそくさと済ませ、ふたりで結晶を持って裏庭に出る。ライトに照らされた中、祠に入れようと結晶を数えると、三十個以上あった。

「これって、一度にひいたらどうなるんでしょう？」

「一度に？　三回ぶん、入れるってことか……」

「はい」

孝志がうなずくと、ふむ、と進次郎は考え込んだ。

「つまり、宝くじと同じ可能性がなきにしもあらずか……」

「どういうことです？」

孝志は宝くじに縁がなかった。

「あれは一枚だけ買って、それがもし一等でも、何億円と謳っている金額にはならないんだ」

進次郎はそう説明した。「一等の前後賞をあわせて、その金額になる」

「えええ。それはおかしくないですか？」

「おかしいと俺も思うがそういうことになっている。だからバラで買うより連番で買ったほうが、一等が当たったとき、宣伝してる金額になるんだ。確か」

孝志は釈然としなかった。

「それはともかく、ソシャゲのガチャも単発では何が出るかわからないが、十連だと高レアが一枚は確実に出るというやつが多い。宝くじも、連番でもバラでも十枚を買うと、十枚のうち一枚はいちばん安い金額が当たる。つまり十枚まとめて買えば絶対にハズレはない……。もしかしたらこのくじも、そういう仕組みかもしれないな」

一緒に暮らすのが長くなるにつれわかったことだが、進次郎は、ガチャを回すソーシャルゲームをいくつか遊んでいる。猫になってもやれるのがいい、とのことだった。

実際に進次郎が白猫になったとき、肉球のある前肢でこわごわとスマートフォンに触っているのを見たことがある。雨の日はそれで時間を潰しているのだ。猫は意外に器用なものだなとそのときは思った。

「じゃあ、十回ぶん、ためますか？」

「いや、ひとまず三回まとめてやってみよう」

中に何が入っているかわかっていて、全部ひいたら絶対にあたりが出るタイプのボックスガチャなら総ざらえするつもりでためてもいいだろうが、この祠のくじはそうではないような気がした。しかし、進次郎がやってみたいと言うなら止める理由もないだろう。

ざらざらと三回ぶん、三十個の結晶を祠に入れた進次郎は、そっと扉を閉じる。

次の瞬間、いつもより強い光が祠から溢れた。

「うおっまぶしっ」

進次郎は腕を上げて顔を庇《かば》う。孝志はそれを見ていたので光を直視することはなかった。

時間にすれば十秒も経っていないだろう。光はすぐに弱まって、やがて再び祠は闇に包まれた。背後のライトが照らしているので、純粋な闇ではなかったが。

「なんか出てきそうな気がする」

進次郎はわくわくした顔を孝志に向けた。孝志は曖昧に笑う。何が出てもアタリでなければ意味がないのでは、と指摘するのはやめておいた。

進次郎が腕をのばして祠の戸をあけた。

中には、紙が一枚入っている。しかし、ハズレとは書かれていない。黒い点々とした模様がびっしり入っているように見えた。

「な……んだ、こりゃー！」

進次郎は叫んだ。深夜である。隣家の家屋が隣接していないとはいえ、聞こえているのではないだろうか。孝志はちょっとハラハラした。

「何が書いてあるんですか？　百人一首？」

「ち、ちがう……」

進次郎はうなだれながら、手にした紙を孝志に差し出した。

孝志はそれを受け取って目を走らせる。

「『おいしいふわふわパンケーキのつくりかた』……へえ。卵白でメレンゲをつくって入れるんですね。マヨネーズを入れるのもあるみたいです」

紙に書かれているのは、ありとあらゆるパンケーキの作りかただった。しかも「ふわふわ」にするためのコツが何種類も書かれている。字は小さく、手書きだった。それが、はがきほどの大きさに書き込まれているのだ。模様に見えたのは字だった。

「これはつまり……店で出せという意味では」

「店で出したら呪いが解けるのかよ……」

「たぶん解けませんね」

孝志は請け合った。パンケーキをメニューに加えただけで進次郎の呪いが解けたら、それはそれでおかしな話である。

「三回ぶんでこれってどういうことなんだ」

「十回ぶん、ためてみますか？　ハズレって書いてあるだけの紙よりは役に立ちそうですけど」

進次郎はぐぬぬと唸った。確かに、溜め込んでも何が起きるかわからないただのハズレの紙切れや、たまに出る百人一首よりは、何かの役には立てられそうだ。

「そうだな……百個くらい、ためてみるか」

背後のライトが徐々に暗くなる中、進次郎は根負けしたように呟いた。


それから一週間ほどすると梅雨が明け、夏になった。

真夏だが、晴れとくもりが交互にやってきて、気温がぐんぐん上がるうえに、湿気がひどく、油断するとすぐに汗まみれになった。

自転車で通学すると、走っているあいだは風を感じて心地よいが、信号などで止まると湿度を重さとして感じてしまう。それにやや疲れを覚えつつ、孝志は帰宅した。

前日の日曜が満月だったが、最高気温が体温に近くなったため、外出はしなかった。

みかげ庵の休日は日曜で、せっかく丸一日あいたというのに、進次郎は家の中であれこれして過ごしていた。

みかげ庵の裏手の家は古いが、クーラーはまだ新しいもので、家の中は涼しい。進次郎はそんな中、祖父の遺品の整理をしたようだった。孝志は手伝っていいかわからなかったし進次郎も特に何も言わなかったので、自室にこもって学校の課題を済ませた。定期試験はとっくに終わって結果も戻っている。編入してから二度、定期試験があったが、孝志の成績は中ほどだった。以前の学校のほうが勉強は進んでいたようだが、その程度の学力だ。

近所のスーパーが売り出し日だったので、いつも買うたまごと牛乳のほか、鶏肉と刺身を買ってきた。さすがにこの生活がつづくと、何をどうすればいいかのみ込めてきていた。そして、たまに空をつんざいて通る飛行機が、近くの基地から飛び立つ戦闘機なのも知っていた。学校のほうがより基地に近いので、たまにひどく大きい機影が見え、そのたびに、地元育ちでないのでまったく慣れていない孝志と数人の生徒が、わくわくと窓から空を見上げるのだった。

夕方、進次郎が人間に戻る前に軽く開店準備をする。窓硝子を拭いたり、ソファや椅子に残った猫の毛を粘着テープのクリーナーで取ったり、庭を軽く掃除したりする程度だ。店内も見廻って、昨夜に見落とした汚れがないかをチェックする。

「君はなかなか働き者だな」

暗くなってから人間に戻った進次郎は、エプロンをつけると感心したように言った。

「そうですか？」

「君のおかげで、少し開店時刻を早めてもいいくらいだ。俺のすることがほぼないから、人間に戻ったらすぐに開店できそうだ」

「でもお兄さん、お腹すいてるんじゃないですか？」

「まあそれもそうだな」

今では開店直前に厨房で軽く食事をする。開店中に賄いをとるより、開店前と閉店後に食事をしたほうがいいと進次郎は考えたようだ。孝志に否やはなかった。

そして進次郎がつくる夕食はいつもオムライスだ。それで充分だと孝志は思っている。毎日同じものを食べても飽きない。これがカレーでも、ピラフでも、孝志は文句を言わなかっただろう。

ただでさえ、食べさせてもらえるだけでもありがたいのだ。孝志の学費は、両親の遺したものから出ていたが、衣食住は進次郎に頼っているのである。文句を言える立場でもないし、孝志に不満はまったくなかった。

誰もいない家に帰って、ひとりでなんとかして食事をし、洗濯も済ませて、風呂に入り、床に就く。寝入ったあとで帰ってくる両親。そんな以前の日々にも孝志は不満はなかったが、進次郎との生活を知ってしまった今、あのころに戻りたいとはまったく思えなかった。

開店して一時間もすると、ぽつぽつと客が来る。本当にぽつぽつとで、一日の客は十組にも満たない。それでも進次郎は売り上げがよくないなどとは言わないし、クーラーも気にせずつける。その鷹揚さも、孝志にはありがたかった。

梅雨が明けたからか、猫店員たちはまた、以前のようにわらわらとやってくるようになっていた。ただ、進次郎はやってきた猫店員をぬぐいながら、頼むから濡れていない道を歩いてくれよ、とぼやいていた。猫店員はそれを聞くともなしにだらんと体を預けるばかりで、そのさまがとても可愛らしいのだが。

そんな猫店員たちを、窓ぎわの席に座った男女のカップルがそれぞれ膝にのせて撫でながら、小声で何かぽつぽつと話している。猫店員を撫でる手つきはとてもやさしそうだった。猫店員も満足しているのか、目を閉じている。喉を鳴らす音がかすかに聞こえていた。

そんなふたり連れが満足して帰ってからだった。

先日の中年の女性が入ってきた。いつもとまったくようすが違う。いつもは髪を後ろでひとつに結わえていて、それもほつれ気味だったが、きょうはきちんと結ってい た。ゆったりした黒い服を身に着けて、薄く化粧もしている。

いつも憂鬱そうな顔で訪れる彼女だったが、今はどことなくさっぱりした顔つきをしていた。

「いらっしゃいませ」

席についた彼女に、孝志は水を持っていく。彼女は微笑んで孝志を見上げた。彼女の足もとに猫店員が寄ってきている。五匹ほどが集まって、そのうちの二匹が隣の椅子に跳びのり、彼女の膝に甘えるように体をもたせかけた。

「コーヒーと、アイスクリームを。コーヒーはブラックで」

「かしこまりました」

アイスクリームは器に盛るだけだ。注文を伝えると、まず進次郎はコーヒーをいれ、そのあとでアイスクリームを盛った。バニラしか扱っていないが、業務用でなかなか味はいいものを使っているので、おいしい。新しいものに入れ替えるときに余っているると食べさせてもらえるので、孝志はそれを楽しみにしていた。暑くなるとアイスクリームはよく出るようなので、これからは余ることはなさそうではあったが。

受け皿にのせたコーヒーカップと、半球のアイスクリームをふたつ盛った硝子の器をトレイにのせて運ぶ。

「お待たせしました」

テーブルにコーヒーとアイスクリームを置くと、彼女は猫店員を撫でながら、孝志に微笑みかけた。

「ありがとう。やっと来られたわ」

そう言いながら、彼女はコーヒーカップを手にした。「ここのコーヒー、ずっと飲みたかったの」

「それは、……よかったです」

「先週、来たでしょう」

彼女が言葉を継いだので、孝志はその場に留まってうなずいた。

「はい」

「あの次の日に父が亡くなって、今までお通夜とかお葬式とかいろいろしていたから、来られなかったのよ」

孝志は何も言わなかった。彼女が適当な相槌を求めていないのは明白だったからだ。

ちらりとカウンターを見ると、こちらを見ていた進次郎と目が合う。進次郎は黙ってうなずくと、目を伏せた。

「父、最後まで苦しんでたわ。わたしもこういうふうに死ぬんだなと思いながら、看《み》取ったわ……でも、最後までちゃんと看取れて、よかった。義務は果たせたわけだし」

義務か、と孝志は思った。子どもは親より先に死んではいけない、という理屈は孝志にもわかる。だから、親より長く生きているだけで親孝行だろうとも思う。

孝志は両親の死を知らされただけで、看取るどころか、遺体の確認すらしていない。だから今でも生きているのではないかと思ってしまう。死を看取るのは、ひどくつらいことだと思うが、そんな幻想を抱かなくて済むのではないだろうか。

「みあちゃんも、お父さんもいなくなっちゃって、わたし、ひとりになっちゃったわ。……でも、これで自由になれたんだわ」

彼女はそう言うと、溜息をついた。「そんなふうに思ってしまうなんて、いやね」

「だけど、今までたいへんだったでしょうから、……そう思ってしまうのも、仕方がないと思います」

「あなたはやさしい子ね。大学生？」

「いいえ。高校生です」

「あら」

孝志が答えると、彼女は目を丸くした。「高校生なのに、いつもこんな遅くまでアルバイトしてるの？」

「ここは兄の店なので、手伝っているんですよ」

「お兄さん……」

彼女は目を瞠ったまま、カウンターを見た。孝志もそちらを見た。すると進次郎は、ちょっとだけ笑って見せた。

「突然やって来た弟なんですよ」

進次郎は低い声で告げる。

「まあ。まるでドラマみたいね。弟が突然現れるなんて」

「言われてみればそうですね」

進次郎は穏やかに返した。

「……でも、誰でも人生はドラマみたいなものよね。何も起きないなんてことはないもの」

「何も起きないほうがいいですけどね」

孝志が言うと、彼女は笑った。

どこかでかすかに電子音が鳴った。すると、彼女はコーヒーカップを置いて、傍らに置いたバッグから、スマートフォンを取り出して操作した。画面を眺め、ふ、と溜息をつく。

「兄からよ。……兄も姉も、わたしが病院に通っていたら、毎日行く必要はないんだぞ、と言ったわ。父はもう余命を待つばかりだったから、行くと病院側が退院させて家でめんどうを見ろと言うかもしれないからって。そんなはずもないのに……わたしが自分に有利なように遺産をもらえるように父に吹き込んでると思ってたみたいだけど、仕事を理由に、週に一度も来ないで、何を言うのかって感じ」

彼女はスマートフォンをバッグの横に置きながらぼやいた。「きょうもね、お世話になった病院に兄弟でお礼に行ったんだけど、末っ子さんは毎日来ていましたね、偉かったですね、って病院のひとが言ってくれたの。でも、あとでいろいろ相談のためにファミレスに行ったら、姉はそこで、……毎日行ったたって言っても十分や五分いた程度でしょう、とわたしを詰《なじ》ったわ。たいしたことはないんだから、偉そうにするな、妹のくせに生意気だって」

孝志は呆気に取られた。

一方の意見ばかり鵜呑みにするわけにはいかないのは孝志にもわかっているが、この場で、彼女の語る姉自身から話を聞くことはできないのだ。事実として、それは言う必要があったのだろうかと理解に苦しむ。

「それは、ひどいですね」

「もう本当にびっくりしたわ。べつに褒めてほしくてやっていたわけじゃないけど、そんなふうに詰られるとは思ってなかったから」

ふう、と彼女は溜息をついた。「うちは兄弟仲がよくないの。特にわたしは姉とそりが合わなくて。両親にも、ふたりが死んだら会わなくてもいいよね、とは言ってあったから、納骨のあとは二度と会わないでしょうね。あのひとのお葬式にも、行くつもりはないわ」

彼女はそう言うと、猫店員を撫でる手を上げて、アイスクリームの器に添えたスプーンを手にした。ひと匙すくって口に運ぶ。

「ここのアイスはとってもおいしいわね。バニラの味がとても濃くて素敵。こういうアイスクリームを出すお店は、このあたりではほかにないのよ。だから、ここに来るの、好きだったわ。昔、お母さんに連れてきてもらって……」

「うちのじいさんがやってたころですかね」

進次郎が口を開いた。

「そういえば、あのころはおじいさんと、女のひとがいたわ。……あなたが子どもだったころよ」

彼女は進次郎に向かって言った。進次郎は少し照れたような顔をした。

「祖父と母ですね」

「そのころはサンドイッチもあったけど……」

「祖父が切り盛りしていたころは、サンドイッチも、ケーキもありました。今は猫喫茶で衛生面も気になるので、軽食はやってないんですが……オムライスは裏メニューなんですよ」

「あら、そうだったの」

アイスクリームを口に運んでいた彼女は、意外そうな顔をした。「そういえば、メニューに載ってないなとは思ってたのよ」

「ご注文いただければ、つくります。チキンライスでなくて申しわけないんですが」

「そうね。以前はチキンライスだったわ」

「手がまわらないのもありますが、じいさんと同じ味にできないので……」

「そういうことだったのね」

彼女は納得したようにうなずいた。「でも、チキンライスじゃなくてもとてもおいしいわ。……父が入院してからずっと、あれを食べるのだけが楽しみだったの。自分のためだけの料理なんて、してる余裕はなかったから……」

「お口に合っていたならよかったです」

進次郎が言うと、彼女はうなずいた。

「とてもおいしかったわ。でも、ごめんなさいね。本当は出さないメニューだったなんて」

「お気になさらず、また食べに来てください」

「そうね。……また、そのうちに」

彼女は曖昧に微笑んだ。


アイスクリームを食べてコーヒーを飲み干した彼女は、先週も撫で回していたぶち猫を存分に撫で、しばらくそのもふもふを堪能していた。

名残惜しげに猫店員に挨拶をした彼女が勘定を済ませ、店を出てから孝志はテーブルに向かった。テーブルの上には結晶がたくさん転がっていたが、それ以外のものが椅子の上にあった。

彼女のスマートフォンだ。

「忘れものです」

孝志がそれを取り上げて言うと、進次郎は軽く目を瞠った。

「あのひと、車で来てるから、まだ駐車場にいるかも」

「渡してきます」

孝志はスマートフォンを握りしめたまま店を跳び出した。駐車場は店を出た隣にある。剥き出しの土の地面で車止めもないちょっとした場所だ。暗い中でもわかる、うす青いまるっこい車が停まっていた。エンジンもかかっていない。

エンジンはかかっていないが、孝志は急いで近づいた。すると、運転席の薄暗い窓硝子の向こうで、座った女性がハンドルに顔を伏せていた。閉めきった窓硝子越しに、泣き叫ぶ声がかすかに聞こえた。

ひとりになってしまった彼女が、声をあげて泣いているのだ。

孝志は車のそばで立ちすくんだ。声をかけていいかどうか、わからなかった。

駐車場には灯りもない。街燈が道路の向かい側にあるだけだ。夜空に痩せ始めた月がのぼっている。その灯りだけが孝志を照らしている。

しばらく孝志がその場にいると、泣き疲れた彼女は顔を上げた。すぐに孝志に気づいて、慌てたような表情でドアをあけた。

「あの、忘れものです」

彼女が何か言うより先に、孝志はスマートフォンを差し出した。

「……ありがとう」

彼女は手で顔を拭うと、スマートフォンを受け取って、笑顔になった。どことなくすがすがしさを感じさせる笑顔だった。

「あのね。……今のは、父が死んで悲しかったんじゃないの。……みあちゃんがもういなくなったことが悲しいのよ」

彼女は震える声で言いながら、涙を流した。「親は先に死ぬってわかってたもの。でも、猫は、……わたしが拾ったのよ。とても小さかったの。親に置いていかれた子で……寒いときは一緒に寝てくれたわ。顔のそばにいるのよ。顔のそばって、信頼してくれてるって意味だったの。なのに……お父さんがいなくなってから食べなくなって、だからもうすぐ死んでしまうかも、なんて、あの子の前で、見舞いのあとで家に寄ってくれた父の知人に言ったのよ。そんなこと言わなければよかった。賢い子だから、きっと意味はわかってたはずなのに。……あとで謝ったけど、みあちゃん、きっと、傷ついたわ。——その翌日に死んだんだもの」

孝志が何か言うより先に、足もとで猫の鳴き声がした。見ると、白黒のぶち猫がいた。さきほど彼女が店で撫でていた猫店員だ。先週、飼い猫に似ていると言っていた柄の猫店員だ。

だが、彼女は鳴き声どころかぶち猫がいることに気づいていないようだった。

「どんなにみあちゃんを好きでも、好かれてても、そんなふうに言うべきじゃなかったわ。……わたしはあまく見てた。まだ死なないと思ってたの。もしかしたら、みあちゃんがわたしの言葉を聞いて、もう自分は必要ないんだと思って死んでしまったんじゃないかと思ってしまう……そんなつもりはなかったのよ」

彼女は繰り返した。心底悔いているのだなと孝志は思った。

「……ね、ひどいでしょう？　でも、……こんなこと、言いわけにもならないけど、うちも家族はみんなそうだったなって。外面《そとづら》がよくて、身内に口が悪いのよ。……わたし、きっと強がったの。猫が死ぬ程度のことなんて平気ですよ、って、大人ぶったのよ。兄や姉が、わたしがまだものをよくわからなかったころ、わたしに好かれてるから、どうひどく扱ってもかまわない、何を言ってもいいんだと思って、友だちや知り合いに、妹はばかでうすのろで不細工だって言ってたのと同じだわ……自分がされていやだったことを、しちゃったのよ」

足もとで猫店員が何度か鳴いた。その鳴き声はひどく激しく、鋭かった。怒っているのだろうかと孝志は思う。だとしたら、何を怒っているのか。

荒木の祖母の猫のように、この猫店員もおそらくは、この女性が失って悲しんでいる猫なのだろう。だが、猫店員が怒っているとしても、彼女が悔いている暴言のことでないように思えた。……孝志がそう思いたかっただけなのかもしれないが。

「家族なんて、みんな、大嫌いだったのに、みんなと同じことをして、……言ったことは取り消せないから、わたし、二度と猫は飼わないわ」

また、ぶち猫が鳴いた。彼女に何か訴えかけているように聞こえる。

「それでも猫を撫でたくなったら、またお越しください」

彼女が悲観するのを、ぶち猫は怒っている。孝志はそう思った。

言ったことは取り消せない。だが、ひとは忘れてしまう。忘れることで、気持ちが楽になるなら、それでもいいではないかと孝志は思うのだ。

「そうね。……そのほうがいいわ、きっと」

彼女はまた、笑った。「わたし、家族で、言いたいことを言い合うのが、嫌いだったの。お互いをサンドバッグにして鬱憤《うっぷん》を晴らす絆なんてまっぴら。だから昔から、新しい家族は持たないつもりだった。……それでも同じことをしちゃったから、猫ももう飼わない。生きものは、もういいわ。みんな先に死ぬし、……死んだら、悲しいもの」

「……そうかもしれないですけど、猫より先に飼い主が死ぬと、のこされた猫がかわいそうです」

家族のことは、わからない。だから孝志は、足もとのぶち猫がそわそわと自分を見上げてくるのを視界の端にみとめながら、思ったことを口にした。

すると、彼女はハッとしたような顔になった。

「そうね……」

「みんな、死んじゃいます。みんな、誰かを置いていくから……弱いほうがのこされるより、強い生きものがのこされるほうがいいのかなと、僕は思います」

「そうね。きっと、そうだわ」

彼女は明るくうなずいた。

すると、車のあいたドアから、ぶち猫が中へと跳びのった。足もとに猫が跳びのったというのに、彼女は気づかないようだった。

「ありがとう。たくさん愚痴って、ずいぶん楽になったわ」

「いいえ。僕が聞くことで楽になったなら、よかったです」

孝志がそう言うと、彼女はふと、笑うのをやめた。

「あなたって本当に高校生？　なんだかずいぶんと大人びてる」

「残念ながら高校生です。——これが初めての人生だから、大人びてるとしたら、性格ですね」

孝志の言葉に、彼女はおかしそうに笑った。

ぶち猫をのせたまま、青い車は去った。

孝志が駐車場を出て店に戻ると、門の前に進次郎が立っていた。

「お兄さん」

驚いて思わず呼ぶと、進次郎はうなずいた。

「あのひと、だいじょうぶかな」

「たぶん。……もう家族は持たないと言ってましたよ」

「じいさんが店をやってたころから来てくれてたんだけど、兄弟で来ると、一度は口論してたな。仲がよくないんだろうと思ったが……」

　ふう、と進次郎は溜息をつく。

「仲がよくない兄弟って、つらいですね」

　孝志は進次郎の顔をじっと見た。

　自分たちは兄弟だが、仲はいいのだろうか。いいかどうかは、わからない。悪いというほど孝志は進次郎を知らないし、進次郎もそうだと思いたかった。

「親と子の相性ってあるからな。相性のいい子とよくない子が一緒に育てられたら、確執も生まれるだろう。……俺たちは離れて暮らしたし、母親が違うから、兄弟だが、他人のようなもので、相手との距離があるから、まだましなんだと思う」

　進次郎はぼんやりと呟くと、夜空を見上げた。

　梅雨が明けた夜空は雲ひとつない。夜半の月が空にかかっている。

「お兄さんは僕がきらいですか？」

　好きですか、と訊くのはためらわれた。

　進次郎は肩をすくめる。

「好きとかきらいとか以前にだな、……君はまだ未成年だ。俺は成人してる大人だ。君はまだ守られていておかしくない年齢だ。……」

そこで進次郎は口を閉ざした。何か言いたげだが、言葉が見つからないようだ。

進次郎は門に手をかけ、息をついた。

「ドラマや小説でよく見るやつだが、義理の家族が、本心の激情を相手にぶつけるのを、遠慮がなくなった、やっと心を開いてくれて本当の家族になった、という表現が、俺は大っ嫌いでな」

再び口を開いたとき、進次郎はどことなく険しい顔をしていた。「罵ったり詰ったりするのが本当の家族なら、家族はネガティブな吐き捨てをするゴミ箱みたいなものかと思わないか?」

「はあ……」

突然に投げかけられた問いに、孝志は戸惑った。さきほどの女性も似たようなことを言っていたが、家族を罵るのも詰るのも、孝志は経験したことがない。両親は淡々と孝志に接したし、孝志も同じようにしかできなかったからだ。愛情がなかったわけではないのはわかっている。いつも、大切な息子だと言われた。だが、自分自身ではないので意思が通じないし、言葉に出さないことはわかるはずもないと言われたこともある。

「俺の母は口が悪くて、俺とは相性がよくなかった。母は子どものころの俺自身が憶えていないような昔の失敗や、それ以外でもこちらが恥ずかしいと思っていることを、いつまでも引き合いに出して、あのときのあんたはバカな子だった、あんたは何もできない子だ、とあざ笑ったり罵ったり詰ったりした。母は他人には愛想がよかったが、そんなふうに身内には傷つけるようなことばかり言う人間だった。それで相手が傷ついたさまを見せると、自分に愛情があるせいで傷つくのだと信じているようだった。……親父が俺にそう言ったから、俺は、自分が悪いのだと思わずに済んだんだ」

進次郎の突然の激白に、孝志はハッとなった。

進次郎は溜息をついた。

「母が親父に対してどんなふうだったかは今ではわからないが……とにかく、楯になってくれていた親父がいなくなって、俺は、自分が母をあまり好きではないし、母も、親父を引き留める枷《かせ》にもならなかった俺を疎んでいるのだとわかったんだ。……だから、そんな母をたしなめることもしないじいさんも好きじゃなかったさ」

穏やかな声で、進次郎は淡々と語った。彼が穏やかそうに見えるのは、語るように、懊悩を与えていた祖父や母がすでにいないからかもしれないと、孝志は思った。

「だけど、あのじいさんも、母も、俺の肉親だ。だから自分にもそういう面があると思う。……もし君が俺を不快に思うことがあったら、言ってくれ。できるかぎり改善するつもりはある」

最後に付け加えられた言葉に、孝志は仰天した。

「僕がお兄さんを不快に思うことなんてないですけど」

「今は、な。一緒に暮らし始めて半年も経っていない。他人のようなものだろう」

「僕はお兄さんを兄だと思ってます」

「そりゃ、うれしいな」

進次郎はちょっと笑った。「だけど俺は、あの母親に育てられた。他人を自分の都合に合わせさせようとしたり、すぐに話を逸らしたり、自分を棚上げしてひとを詰るような母親だ。成育環境ってやつは本当にだいじでな。子どものころはそばにいる相手が自分にしてくることが愛情や親しみの表現だと思ってしまう。――俺は、好きな女の子に、馬鹿とかブスとか、うるさいあっち行け、と罵るような子どもだった。だから嫌われる。でも、どうして嫌われるかわからない。それが好意の表現だと身に染みついていたからな。……母を好きではないことに対して少しは罪悪感があったが、高校のときに諦めた。母が死ぬ直前だな」

「進次郎さんのお母さんは、愛情表現が歪んでたんですね」

「そういうこと！　だから君のことは尊重したいが、慣れてきたら、俺は君に対して粗雑な扱いをするかもしれん。だが、愛想を尽かす前に、教えてくれ。でないと俺はずっと、ろくでもない、いやなやつのままだ」

進次郎はそう言うが、孝志には、彼がろくでもないいやなやつとは思えない。それは進次郎が言うように、他人として接しているからかもしれないが。

「僕、思ったんですけど……」

「うん？」

「僕を尊重できているのが、弟ではなくて他人だからだとしたら、それはそれでもいいんですけど、僕はお兄さんを兄だと思っていていいですか？」

「……兄、か。俺は今までひとりっ子だったから、君に兄として接していられているのかはわからないんだが」

「それですよ。僕たち、おたがいにひとりっ子だったわけで、……僕はお兄さんがいるのは知ってましたけど、……だから、他人同士のままだと思っていてもいいような気がするんです。そのまま兄弟になるというか……」

「兄弟ごっこみたいな？」

進次郎の言葉が、孝志にはしっくりしているように思えた。

「それです。それでいいんだと思うんですよ」

「それもそうか。……兄弟ごっこか」

進次郎はうなずいた。どことなく憂鬱そうだった気配が消えている。

「でも僕、大人になってもここにいたいですよ」

「それは好きにしてくれ。俺は君がいても何も不都合はない。大学に行きたきゃ、勉強して公立に行ってくれれば問題はないし、……そうだな。好きにしてくれと言ったが、俺も、ここで店をやる以外は特に何もない。この歳でもう余生のようなものだ。だから、君がいれば、……それはそれで助かるんだ」

「相互扶助ですね」

孝志が言うと、進次郎はポカンとした。次いで、声を立てて笑う。

「君は、おもしろいな。君のような弟がいるなんて、俺は運がいい」

進次郎の言葉に、孝志はうれしくなって笑い返した。

五 うちの猫

夏休みに入るとすぐに林間学校があるが、孝志は行かないつもりだった。

しかし、学校から電話がかかってきた。孝志の保護者は進次郎で、編入の際の連絡先には進次郎の携帯電話の番号を記入したので、もちろん進次郎がそれを受けた。

孝志は進次郎に林間学校の話はしていなかった。特に行かなくても問題ないと思えたのだ。それに、前の学校で行っている。

営業中に電話を受けた進次郎は、閉店後、掃除を終えた孝志に、林間学校へ行きたくないのかと尋ねた。行きたくないのではなく必要ないのだと孝志が答えると、進次郎は困った顔になった。

「費用のことで遠慮しているのか？　だったら気にしないでくれ」

「それも気になりますけど、……」

自分がいないと困らないかと問いかける勇気は、孝志にはまだなかった。進次郎は猫に変わるが、それでも今までなんとか生活してきたのだ。困ってはいても、のっぴきならない状態ではなかっただろう。こういうとき、自分が進次郎のお荷物になっているのではないかと考えてしまうことがある。

「気にしなくていい。君はまだ子どもだろう」

進次郎は顔をしかめた。が、すぐに顔を緩める。

「君に怒ってるわけじゃないからな。自分のふがいなさに腹が立つだけだ」

「お兄さんはふがいなくなんかないですよ」

「まあそれはいいから」

進次郎は手を振った。「とにかく、あした、お金を置いておくから、学校に持っていきなさい。それと、あしたは店を休みにして、夜に旅行の買いものに行こう」

「え、……そんな」

孝志が戸惑うと、進次郎は腕を組んだ。何かを考えるように眉を寄せている。

「……だったら、こうだ。俺としては、行ってほしい。だから、俺のために行ってきてくれ」

「えー……」

そう言われると、孝志も固辞できない。

結局、進次郎に押し切られる形で、林間学校に行くこととなった。

といっても取り立てて何かあったわけでもなかった。

夏休みに含まれることだけは不評な林間学校は、二年生全員がバスに乗り込んで四時間かけて高原に行くというものだった。みかげ庵のある市は山間部が近いのである。

林間学校といっても、冬にはスキー場になる高原の宿舎で三泊四日を過ごす。そのあいだに飯盒炊爨《はんごうすいさん》や肝試し、登山にキャンプファイヤーなど、よくある行事をこなすだけだ。といっても二日めの登山がなかなかの曲者《くせもの》だった。その夜はみんなぐっすり眠ってしまったほど疲れる行程だった。

肝試しは、孝志は怖くもなんともないし、宿舎には怪談のたぐいもあったが、もちろん何も起きなかった。女の子たちが幽霊がいるだの足音がすると騒いでも、だいたいが見間違いや思い込みだった。

林間学校が済むと、やっと本格的な夏休みだ。宿題はもちろん出るし登校日も設けられていたが、毎朝、暑い中を登校しなくていいのは本当に助かった。山ぎわの町だが、とにかく湿度が高く、暑さがひどいのだ。日本でいちばん暑い街が川を越えた隣にあると聞いて、ああなるほどと納得してしまった。その県境の川のせいで湿度も高いようだ。

夏休みに入ったからか、夜の営業時間になると、いつもより客は多かった。子どもも、夜の八時を過ぎたころに外で遊んでいることもあるようだ。それはよくないと町内会の回覧板で注意もまわっていたが、なんといっても夏休みである。農協の駐車場でラジオ体操もやっているようで、朝早く起きたときに子どもたちの声が聞こえることもあった。

　夜になってもすぐに涼しくなるわけではない。鄙びた町だが道路はほとんど舗装されていて、アスファルトの熱はなかなか引かないのだ。

　猫喫茶をうたっているので、猫店員を愛でてもらえるように、店内は冷房を強めにかけている。さすがに真夏の暑いときに猫店員をもふもふするのはしんどいという客からの要望もあったようだ。

　だからその日も、開店前にきちんと店内を冷やして準備を整えた。少し肌寒いくらいなので、進次郎は長袖の黒いインナーの上にTシャツを重ね着している。そんな進次郎が、夏は洗濯物が多くなるよなとこぼすので、孝志は半袖シャツの上に薄い長袖の上着を着るようにしていた。

　最初に扉をあけて入ってきたのは、小学生くらいの女の子だった。そのあとから親が入ってくるかと思ったら、誰も来ない。孝志は戸惑いつつ出迎えた。

「いらっしゃいませ」

「いいですか?」

　小学生くらいなのはわかるし、一年生でないのもわかるが、何年生か、孝志にはわからなかった。高学年でもないだろう。赤いリュックサックを背負っていて、水筒も持っていた。どこかへ行った帰りなのだろうか。

「お父さんか、お母さんは？」

「ひとりです」

女の子ははっきりと答えた。その顔はどことなく泣くのを我慢しているようにも見えた。

とててて っと猫店員が一匹、近づいてきた。それを皮切りに、あっという間に女の子の足もとに猫店員たちが群がる。

猫店員に導かれるようにして、女の子は壁ぎわのソファ席に座った。

孝志は戸惑ってカウンターの中の進次郎を見る。進次郎も困った顔をしていた。孝志は女の子に近づいて、問いかける。

「あの……お金はありますか？」

女の子は幼くても大人びている。だから子ども扱いをされたらきっと不本意だろう。そう考えた孝志は、大人にするのと同じ口調で尋ねた。といっても、大人にお金を持っているか、などと訊くことはほとんどないのだが。

彼女はリュックサックをおろして隣に置くと、中からがま口の財布を取り出した。がま口をあけて、硬貨をテーブルに並べる。

「これでいいですか？」

女の子は丁寧に問う。孝志はうなずいた。

「何にしますか?」

「……アイスミルク」

　そんなメニューがあることを、孝志は初めて知った。伝票にそう書きつけてカウンターに戻り、進次郎に注文を告げる。

「あの、いいんですか?」

　冷蔵庫から取り出した牛乳をグラスに注ぐ進次郎に、カウンター越しにひそひそと尋ねる。

「あとで親が来るかもしれないし……」

「来なかったら?」

「どっちにしろ、君、いろいろきき出しなさい」

　進次郎は渋い顔をした。「俺はちいさい女の子は苦手なんだ。顔が怖いせいか、だいたい怖がられる」

　お兄さんのほうがいいのでは、と孝志が言うより先に進次郎はそうつづける。怖がられた経験があるにしろ、顔が怖いからだとは思えなかった。

「わかりました」

　孝志としてはそう答えるしかない。それに、確かにあんなちいさな女の子では、進次郎のような、厳つくはないが大きい男は怖いかもしれないことは容易に想像できた。

アイスミルクの入ったグラスをトレイにのせて席まで運ぶ。

「どうぞ」

女の子の前に置くと、彼女はまじまじとグラスを見てから、顔を上げて孝志を見た。

「これ、甘くするやつですか?」

これ、というのは、グラスに添えたガムシロップのポーションだ。

「はい」

「甘くしていいのね」

彼女はうれしそうな顔をして、そっとポーションを手にした。しかし、どうやってあけるのかわからないようで、戸惑いがちに再び孝志を見上げる。

「あけますか?」

「……おねがいします」

おずおずと差し出されたポーションをそっと受け取って、端を折って蓋を半ばまであけ、彼女の前に置く。すると彼女はそれを手にして、そっとグラスに注いだ。白い液体の中へ落ちて混ざっていくのを、彼女はめずらしいもののように見ている。

「かき混ぜたほうがいいですよ。下に甘いのが溜まるから……」

「あ、はい」

孝志が教えると、女の子はいそいそとストローの紙袋を破って取り出した。手にしたストローでグラスをかき回す。カラカラと氷がグラスに当たる涼やかな音がした。夏の夜に涼感をもたらすようだった。

女の子がストローからアイスミルクを一口のむと、それまで泣くのを我慢していたような顔に、ぱあっと笑みが広がった。花が咲いたみたいだな、と孝志は思った。

「甘い！」

「よかったです」

「おうちの牛乳とぜんぜんちがうわ」

彼女は孝志に笑いかけた。「おそとで飲む牛乳は、パックで買うより高いけど、おうちで飲むときみたいに、自分でコップを用意したり、あとで洗ったりしなくていいから、お金がかかるって、学校で習ったの。でも、味もやっぱり違うわ」

それはガムシロップで甘い味をつけたからだろう。中身はただの業務用の牛乳だ。しかし彼女の言うとおり、自分でパックの牛乳を買うより高い。それは進次郎がグラスに注いだり、孝志が運んだり、あとでグラスを洗ったりするための費用である。つまりそれがサービス、――奉仕料も含んでいることを、彼女は知っているのだ。賢いなあ、と孝志は内心で少し驚いた。自分が彼女くらいのころ、そんな理屈をわかっていただろうか。

「ここのねこさんたち、とても素敵ね。おばあちゃんちのねこさんは、わたしが行くと隠れちゃうの。子どもがきらいなんだって」

女の子の膝には、猫店員が堂々と鎮座している。灰色のもったりした猫店員で、長毛気味のせいもあるが、中身もかなりかさがあり、重い。しかし彼女はその猫店員の背を、満足そうに撫でた。

ほかにも、彼女の隣で、腿にぴったり体をくっつけている猫店員もいれば、その横で丸くなっている猫店員、さらに足もとにも何匹も猫店員がいる。

これまでの経験で、猫店員がわらわらと寄っていく客は悩みを抱えていて、去ったあとに結晶がいくつか残されているものだ。どういう仕組みなのかまったくわからないが、猫店員たちは鬱屈を抱えた客を見抜き、我先にと寄っていくようだ。

となると、この女の子は、幼いながら鬱屈を抱えているのだろう。そう考えて孝志は微妙にはそわそわした。

「わたし、ねこさんが好きで、ずっとなでなでしたかったの。でも、歩いているねこさんは黴菌《ばいきん》があるかもしれないからだめって、お母さんが言うから……」

孝志はそこで、このみかげ庵の猫店員も、そのへんを歩いている猫だ、と思った。そういう意味では、女の子の母親が心配するように、黴菌の問題はあるかもしれない。来店のたびに進次郎と孝志でぬぐってはいるが、有名な猫カフェなどはきっと衛生管理をもっときちんとしているだろう。それ以前に、近所の猫を店員として招いたりはしないはずだ。

　そこまで考えて孝志は、猫店員は進次郎が呼びかけて集めているのを思い出した。進次郎は、猫は気まぐれで、声をかけても来てくれないこともある、とも言っていた。つまり、ここに来るからには、来たくて来ているのだろう。——それに。

　それに、孝志が今まで見てきた猫店員の中には、もう亡くなってしまった猫もいたのだ。自分の体質が死霊を含むあやかし全般を寄せつけないと思っていた孝志だったが、自身にとってよくないものを寄せつけないだけだとみかげに教えられてわかった。

だから、きっと衛生的に問題があって困ったことになるような猫もこの店には来ないだろう。孝志はぐるぐると考えたあげく、その結論に至った。

「ここの猫店員は、撫でられるのが好きなので、たくさん撫でてあげてください」

　孝志の言葉に、女の子はにこっと笑った。可愛らしい笑顔だった。

「でも次に来るときは、お父さんかお母さんと一緒のほうがいいと思うけど……」

　孝志がそうつづけると、女の子の顔はたちまち曇った。

「それは、むりよ。……わたし、家出してきたの」

　彼女はうつむいて、猫を撫でる手を止めた。

　家出、という言葉に、孝志はさらにそわそわした。ちらりとカウンター内を見ると、こちらの席に近いカウンターの端に寄っていた進次郎と目が合う。どうやら会話を聞いていたようで、彼も困った顔をしていた。だが、何も言わず、孝志を見ている。その表情に、ひとまず彼女の話を聞こうと孝志は考えた。

「家出とは、また、なぜですか？」

孝志が丁寧に尋ねたからか、女の子は軽く目を瞠った。

「あのね」

誰かに話したかったのだろうか。彼女は少し考え込んでから、つづけた。

「お兄さんは、お母さんが好き？」

「……好きでしたよ」

孝志はうなずいた。「もう、いないんですけど」

すると、彼女はハッとしたような顔をした。

「ごめんなさい……」

「いいんです。気にしないでください。……その、お母さんと喧嘩でもしたんですか？」

ここで父もいないと言えば彼女はますます戸惑うだろう。だから孝志はそう水を向けた。

「ううん」

女の子は首を振った。「わたし、お母さんがふたりいるの。産んでくれたママと、今のお母さん。どっちも大好きよ」

　複雑だな、と孝志は考えた。しかし大好きだというのに、家出をしてきたのか。何か理由があるのだろう。

「ママは、ほかに好きなひとができたから、おうちを出ていったの。わたしのことも好きだけれど、ほかのひとも同じくらい好きで、わたしにはお父さんがいるからだいじょうぶよ、って、頭をなでなでしてくれたわ」

　孝志はそれを聞いて、なんだかもやもやした。女の子は幼いから、まだ無垢なのだろう。それが大人の詭弁《きべん》だと気づかない程度には。はっきりと孝志は、その母親はろくでもないなと思ってしまった。近くにいなくてよかった。

「それで、……わたしが通っていた保育園にね、るみちゃんって子がいて、るみちゃんはお母さんが忙しいから、いつもお母さんの妹の叔母さんが送り迎えをしていたの。……今のお母さんは、そのひとなの」

　父親が子どもの送迎が縁で知り合った女性と再婚したというわけだ。孝志は関係を頭の隅にメモした。

「わたし、お母さんが大好きよ。やさしいし、きれいだし、ごはんもとってもおいしいの。勉強も教えてくれるわ……とっても、大好きなの」

　大好き、と言うのに、彼女は泣くのを我慢する顔になった。

「だったら、お父さんと喧嘩でも……？」

「ううん。お父さんも大好き。お父さんね、最初は、もう結婚しないって言ってたの。でも、今のお母さんを好きになっていくの、わたし、わかったから。……わたしが小学校に上がってから、少し元気じゃなくなって。ああ、るみちゃんの叔母さんに会えなくなったからだなって思って……だからわたし、新しいお母さんがほしいって言ったの。それで、るみちゃんの叔母さんにお母さんになってもらったの」

女の子の説明を聞いて、孝志は家出の原因がまるで思い当たらなかった。それとも、大好きだったのであって、今はもう大好きではないのだろうか。

「だったら、家出する必要はないのでは？」

「……あのね」

女の子は、真剣な目をして孝志を見た。「先週、お母さんが病院に行って、赤ちゃんが生まれるって言ったの。弟か妹か、まだわからないけど。……学校でるみちゃんにそう言ったら、心配されたの。お母さんは自分の産んだ子のほうがだいじになるかもしれないって。お母さんにとって、産んでないわたしはよその子と同じだって」

女の子の膝の上にいた灰色のもったり猫店員が、にゃあ、と鳴く。撫でてほしいのだ。女の子もそれを察したのか、止めていた手でゆっくりと猫店員の背を撫で始めた。

「ねこさんも、そうでしょう？　ほかの子より、自分の子が可愛いよね」

孝志はなんとも言えなかった。自分の身の上も複雑だが、女の子の身の上はまた別の意味で複雑だと思うばかりだ。

「お母さんが子どもを産むときって、とっても痛いんだって。どこがどう痛いのか、るみちゃんも知らないみたいだったけど……すごく痛い思いをして、お母さんが死んじゃうこともあるんだって」

賢い子のようだったが、どのような経緯で子どもがどこから生まれてくるかはまだ知らないようだ。訊かれたらどう答えるべきかと孝志は考えた。といっても、孝志が知っている知識もたいしたものではない。説明を求められてもよく知らないとしか答えようがないだろう。

「そんな痛い思いをして産んだ子だと、きっとすごくだいじにするよって言われたの……でも……そういう痛い思いをしたはずなのに、ママはわたしを置いていったから、わたし、きっと、いい子じゃないんだわ。お母さんはわたしをいい子で大好きだって言ってくれたけど、本当は違ったのよ。……産んでくれたママにだいじにしてもらえなかったんだから、わたしは悪い子で……だから、もうおうちにいられないって思って、家出してきたの」

やるせない気持ちに駆られたが、孝志はなんの慰めも口にできなかった。

両親が亡くなってまだ半年も経っていない。孝志は両親の悪い思い出はない。単に忘れてしまっただけかもしれないが、思い返すと懐かしく、どうしてもう会えないのかと淋しい気持ちになるばかりだ。

「悪い子がおうちにいたら、困るでしょう？」

女の子が震える声でそう告げると、撫でられている猫店員が、にゃあ、と鳴いた。鋭い声だった。怒っているように聞こえた。

「ごめんね、ねこさん、痛かった？」

女の子が慌てたように撫でる手を止める。しかし灰色のもったり猫店員は、その手にぐいぐいと頭を押しつけた。もっと撫でろというしぐさに見えた。

「猫さんはたぶん、あなたを悪い子じゃないって言ってるんですよ」

猫店員の言葉など孝志にはわからないが、都合よく解釈することにした。それを聞いて女の子が猫店員を再び撫で始めると、満足そうな喉声が響いてくる。

「悪い子はそんなふうに考えないと思います」

「……でも、ママはわたしを置いていったわ。それってわたしが悪い子で、要らない子だったから……お父さんだって、わたしの世話をするのがたいへんだったから再婚してよかったって、おばあちゃんが言っていたわ」

周りの人間が余計なことを言いすぎるし、この子はそれを真に受けすぎるのだなあ、と孝志は思った。といって、それを直截に口に出してはいけないという判断はできる。

「えっと……お母さんが赤ちゃんをだいじにするかもしれないとか、お父さんがたいへんだったというのは、ほかのひとが言ったことですよね。お母さんが言ったり、お父さんが言ったりしたわけじゃないですよね」

「うん……」

女の子は悄然としたままうなずいた。「でも、るみちゃんと、おばあちゃんよ」

「るみちゃんは心配してくれたのかもしれないですけど、同じおうちで暮らしているわけじゃないですよね。おばあちゃんは……」

「おばあちゃんは別のおうちよ。伯父さんたちと一緒にいるの」

「一緒に暮らしていないのにそういうことを言うんですよね。だったら、本当のことはわからないのでは？」

「そうかなあ……」

「今のお母さんに、あなたより赤ちゃんのほうがだいじなのと言われたら、家出をするのもわかるんですけど、そうじゃないんですよね」

「うん……でも、わたし、悪い子だから」

女の子はそう、繰り返した。自分が悪い子だと考えれば彼女の中で辻褄が合うのだろう。

「悪い子というのは、ひとに何かしてもらってもありがとうとわざと言わなかったり、何かよくないことをしたときに悪いことをしたなと悔いてごめんなさいと言えなかったり、ひとを悲しませるための嘘をついたりする子だと僕は思いますよ」

孝志の言葉に、女の子はぽかんとした。目をぱちぱちさせている。

「わたし、ありがとうは言うわ……ごめんなさいは……言えないときもあるけど、悪かったなって思ったら、言うわ。嘘はつかないようにしてるけど……」

「だったら、悪い子ではありませんよ」

もう少し成長すればもっと複雑な状況になって、ありがとうもごめんなさいも関係のない悪さが出てくるが、今のところはこの説明で合っているはずだと孝志は考えた。とはいえ、自分の感性が他人とかなり異なっていることはわかっているので、これがすべてにおいて正しいとは思ってはいなかったが。

「それに、お母さんが赤ちゃんをだいじにするとしても、それは赤ちゃんだからじゃないでしょうか。だって、あなたはもうこんなに大きいけれど、生まれたばかりの赤ちゃんは、自分ひとりで何もできないんですよ。ごはんも食べられないし、自分でおトイレにも行けないからおむつをするんです。誰かがめんどうを見ないと、生きていけない。それが、あなたよりだいじにするという意味なら、だいじにしないほうが、赤ちゃんがかわいそうですよね」

孝志が丁寧に説明すると、女の子はハッとしたようだった。

「ほんとだ……」

「赤ちゃんのお世話をすると、どうしてもあなたのお世話ができなくなることもあるでしょうね。でも、それはあなたが悪い子で嫌いになったからではなく、だいじにしないわけでもなくて、赤ちゃんのお世話が、あなたより手がかかるからだと思うんです」

　これはいつか母に聞いた話だった。

　母の知人が、子どもを産むことになった。彼女の嫁ぎ先には夫のほかに、夫の甥がふたり住んでいた。母が、その子たちの世話はどうしているの、と訊くと、赤ん坊に手がかかるから世話はしていない、とはっきり答えたそうだ。高校生だから自分の身の回りのことなど自分でするべきだとも言ったらしい。母の知人は赤ん坊が離乳期になると、世話をその甥たちにまかせて仕事を再開したそうだ。

　孝志が聞いたのは数年前だが、それより以前のことらしく、男の子なのに自分の身の回りのことができるなんて偉いわね、と母は締めくくった。たぶん、孝志にもそうなってほしいと考えていたのだろう。

　そのとき母は言った。血のつながりがなくても、一緒に暮らす相手が困っているなら手助けできるようになれたらいいわね、と。

　そこで孝志はふと、進次郎が「情けは人のためならず」と言っていたことも思い出した。

同じ屋根の下で暮らす家族なら、無理をしすぎない程度に助け合っていけるはずだし、そのほうがそれぞれも生きやすいはずだ。

「それに、お母さんは、あなたより赤ちゃんのほうが好きと言ったんですか？」

「ううん……言ってない……でも、仲良くしてあげてねって言われた……」

女の子は首を振る。

「家族になるから、仲良くはしてほしいでしょうね……」

少し、孝志はためらった。だが、意を決して口を開く。

「僕も、僕のお兄さんとは、お母さんが違うんです」

女の子は、まじまじと孝志を見た。

「お兄さんと、仲良くしてる……？」

「よくしてもらってます」

孝志はそう言うと、カウンターを振り返った。進次郎がぎくっとした顔をする。だがすぐにそれはかすかな笑みに変わった。

「俺は仲良くしてるつもりだよ」

進次郎はそう言った。なんとなく孝志はホッとした。

「だったら、よかったです。……僕、今まで知らなかったんですよ」

　孝志は再び女の子に視線を戻した。「一緒に暮らしてるけど、改めて訊くのが、むつかしくて。そういうことってありますよね。それで、わからなくなって……自信がなくなってしまったんじゃないかなと思ったんですが」

　女の子は首をかしげている。彼女が撫でているもったり猫店員が、目を閉じたまま、うにゃうにゃと何か言った。寝言のようだが、そうでもないかもしれなかった。

「本当のところはわからないから、訊いてみるといいですよ。赤ちゃんと自分のどっちを好きか」

「きくの、こわい」

　女の子は、目をぱちぱちさせながら呟いた。

「だけど、毎日、新しいお母さんが自分より赤ちゃんを好きかもしれないって思いながら過ごすほうが、疲れちゃいますよ」

　キイッと音がした。見ると、カウンターから進次郎が出てきた。女の子は、テーブルに近づいてきた進次郎にぎょっとした顔をする。

　進次郎はそれを見て、少し離れたところでとまった。

「いや、その……」

　進次郎はやや、困ったような顔をしつつ、それでもつづけた。「俺は弟と仲良くしているつもりだし、好きだが、君が生まれてくる赤ちゃんを好きになれなくても仕方ないとは思う。誰だってそうなんだ」

「誰でも、そうなの？」

女の子はびっくりしたような顔をした。「誰でも、わたしみたいな悪い子になっちゃうの？」

「君は悪くはない。赤ちゃんなんていなくなればいいのに、と思うお兄さんやお姉さんは、とても多いよ。だけど、それは、どうしてもあることなんだ。たぶんね」

そう言うと進次郎はもう一歩前に出て、孝志の傍らに立った。それから、孝志の頭に手をやる。

「この子は俺の弟だが、……もしかしたら生まれたときから一緒にいたら、好きになれなかったかもしれない。それは、わからない。……だけど大人になった今だったらわかる。この子が言ったように、赤ちゃんはどうしても手がかかるんだ。それに、お母さんも、赤ちゃんを産んだばかりのときは、とても疲れていて、……君にはまだむずかしいかもしれないが、ホルモンバランスが崩れていて攻撃的になるものなんだ。動物の母親ってそういうものだから、それで君を傷つけることを言ったりしても、傷つく必要はないんだよ」

女の子は眉を寄せた。進次郎の言ったことがむずかしすぎるのではないかと孝志は思った。

「どうぶつ……」と、女の子は呟く。

「そう。人間も動物だから」

「そんなこと、子どもに言ってもわからないのでは……」

　思わず孝志は進次郎を見る。進次郎は肩をすくめた。

「だけど人間はこうやって話して、言葉で自分のことを説明したり、相手がどうしてほしいか訊いたり、できるだろう？　動物だけど、こういうことは人間にしかできないんだ。だから、お母さんに訊いてみるのは、悪いことじゃない」

「でもね……きくの、やっぱりこわい。もし、わたしより赤ちゃんが好きだって言われたら？　そうだとしても、うそをつかれたら？」

　言葉で人間はわかり合える場合もある。だが、嘘をつくこともできる。彼女はそれをもう知っているのだ。その賢さに、孝志は舌を巻いた。

　進次郎は少し考えるような顔をしたが、すぐに女の子に笑いかけた。

「そういうこともあるかもしれないな、確かに。だけど、もしお母さんが君より赤ちゃんを好きでも、お母さんだけが君のそばにいるわけじゃない。……お父さんがもし君の味方になってくれなくても、ほかの誰かが必ずこの世のどこかで君を待ってるから、……世界は広い」

　この人は何を言っているんだと、孝志は呆気に取られた。いきなり世界などと言い出す飛躍が、孝志には理解できなかった。

だが、女の子はそうではなかったようだ。

「ほかの、誰か……お兄さんたちみたいな？」

「まあ、俺たちなんて、君の人生にとってはただの通りすがりの赤の他人だ。それでも、こうやって話すことができている。だったら、君を好きになってくれるひとは、もっと話して、わかり合える可能性が高い」

可能性って。と言いかけて孝志は無理やりのみ込んだ。

「お兄さんたちは、通りすがりの赤の他人なのに、親切なのね」

「……親切」

進次郎は一瞬、苦い顔をした。この親切アレルギーは、進次郎の繊細な部分を刺激するのだろう。つまり、彼は恥ずかしがりなのだと、孝志は理解していた。

「それはともかく、実の親子でも相性があって、どうしても好きになれないとか、あるんだ。実の親子だからこそ自分に似ていて気に障るとか、ね。だけど、それは相性が悪かっただけだ。君がこれからどうなるかはわからないが、君を待っている誰かがきっといる。大人になればわかるから、――家出はやめて、おうちに帰ったほうがいいよ」

「大人になればわかる？　ほんとうに？」

女の子は疑っているのではなく、信じたいように見えた。

「わかる。……あっという間に大人になるから、すぐだ」

進次郎は気やすく請け合った。


アイスミルクを飲み干した女の子は、代金を支払うと、おうちに帰る、と言った。

しかし、小学生の女の子がひとりで外を歩くにはもう遅い時刻だ。進次郎に言われて、孝志は家の近くまで送っていくことになった。

少女の家は、みかげ庵の前の道沿いを駅に向かっていった先のアパートだという。孝志が初めてみかげ庵に来たときに通った道だ。

交差点を越えてコンビニエンスストアの前を通ると、そこから焦ったような顔の女性が出てきた。

「あっ」

その女性は、孝志たちを見たとたん駆け寄ってくる。女の子を抱きしめると、厳しい顔で孝志を見た。

「う、うちの子に何を」

「違うの、お母さん」

ややこしいことになったなと孝志が思うと、抱きしめられた女の子がもがいた。どこかで猫の鳴き声がする。猫店員がついてきたかと孝志は思ったが、険しい顔の女性に睨みつけられてあたりを見まわすこともできない。

「その、……ひとりでおうちに帰るというので送ってきたんです」

「ほんとなの、まりちゃん」

「ほんとうよ。わたし、家出しようと思ったの」

女の子がそう言うと、女性はへなへなとその場に頽れた。

「家出……どうして……」

茫然と彼女は、女の子を見上げる。

「お兄さんは、猫のお店の店員さんよ。わたしがひとりで帰るの心配して、送ってくれたの」

それでね、と彼女はつづけた。「お母さん、……お母さんは、わたしと赤ちゃんとどっちがすき?」

その問いに、女性はハッとした。

「まりちゃん、……赤ちゃんが生まれるの、いや?」

「違うの。お母さんはきっと赤ちゃんのほうが好きになると思って……わたし、ママにも置いていかれたから、きっと悪い子で、お母さんも、ほんとうはわたしみたいな悪い子より、赤ちゃんを好きなんじゃないかなって……だから、わたし、おうちにいないほうがいいと思ったの。だって、悪い子なんて、お母さんも好きにならないでしょう？　きらわれたら悲しいし……」

「何言ってるの。まりちゃんは悪い子なんかじゃないわ。ママが置いていったのは、ママが……」

そこで女性はぎゅっと唇を引き結んだ。生みの母親が自分の勝手都合で娘を置いていったとは言えないのだろう。それはいつか、女の子自身が理解するだろうことだ。

「とにかく、まりちゃんは悪い子じゃないわ」

「でも、自分で産んだ赤ちゃんのほうが好きになるかもしれないよね。そのときは正直に教えてね。わたし、お母さんと赤ちゃんの邪魔にならないようにするから……だから家出はやめる……」

女の子がそう告げると、女性は絶句した。

にゃあん、と声がした。今度は足もとだ。ちらりと見ると、黒猫がいた。上からなので完全な黒猫に見える。だが、孝志はその猫に見憶えがあった。

みかげだ。

みかげは座って、孝志を見上げた。そうすると首もとの白い部分が少しだけ見えた。

「まりちゃん」

孝志は女の子に呼びかけた。すると、女の子は孝志を見上げた。

「君のママが君を置いていったように、自分で産んだ子でも置いていけるひとがいるんだよ。……いろんなひとがいるんだ。だから、君のお母さんが、自分の産んだ子も、そうじゃない君も、同じように好きになるかもしれないだろう？」

女性は孝志を見た。目は涙で潤んでいる。

「ごめんなさい……あなたにそんな思いをさせるなんて……」

「ちがうの。お母さんがわるいんじゃないの……」

「誰も悪くないよ」

孝志はそう言うと、そっと女の子の頭に手をやった。

「だったら……お母さんが赤ちゃんのほうを好きになっても、わたし、我慢するから……一緒にいていい？」

「我慢なんてさせないわ。赤ちゃんは、……赤ちゃんが生まれても、わたし、あなたのお母さんだから。一緒にいて。お願いだから……あなたがわたしの居場所で、わたしがあなたの居場所になりたいって、思ってるのよ、いつも……」

女性はよろよろと立ち上がると、再び女の子をぎゅっと抱きしめた。

「おやすみなさい」

孝志はふたりに向かってそう言うと、もと来た道を歩き始めた。

店の駐車場の前まで来ると、たたたっと黒猫が前に出た。ずっとついて来ていたようだ。

「みかげさん？」

名を呼ぶと、店の手前で黒猫の姿がするりと変化した。

次いで、例の黒服の姿になる。

「貴様、相変わらずこの店にいるな」

みかげは厳しい声で言った。

「今は僕の家なので、それは仕方ないです」

「むう……」

みかげは不服そうに唸る。

「僕がいると迷惑ですか」

「……迷惑？　うむ。そうとも言える」

みかげは曖昧な物言いをした。

「言おうと思ってたんですけど、みかげさんが進次郎さんに怒っているのは、きちんと名前を呼んでくれないからですか？」

みかげの顔は白い。それが、ぱっと上気した。

「きききききき貴様、何を」

図星だった。孝志は呆れた。

「それ、進次郎さんに言っておきますよ」

「言うな！　言わなくていい！」

「なんでですか」

孝志は微妙にいらついた。

進次郎にかけられた呪いのせいで、自分はみかげ庵にいられる。孝志はそう考えている。だが、進次郎は猫に変わるようになって困っている。ならば、それは解消したほうがいい。

そうなったら自分は必要なくなるかもしれないが、それでもだ。

あの女の子と同じだ、と孝志は気づいていた。

あの女の子は、赤ちゃんが生まれたら自分が母にとって可愛がれない存在になるのではないかと不安になっていた。——進次郎の呪いがとけたら、店を手伝う自分の必然性はなくなってしまう。

それでも孝志はみかげ庵に居座ることを決めていた。それは進次郎の人柄から、たとえ必然性がなくとも自分を追い出すことはないだろうとわかっているからだ。

進次郎はそんな人間ではないと信じている。たとえその信頼が裏切られても恨むことはない。それは孝志が兄を好きだからだ。

だから、解けるものなら呪いを解いてしまいたかった。

「なんでもいい。言わなくていい」

「お兄さんが気づくまで待つんですか？」

孝志が問うと、みかげは顔を険しくした。鋭い目で睨《ね》めつけられる。

「あのひとは、気づかないですよ」

「……黙れ」

「あのひとは気づかないひとなんです。だから、わかってほしかったら言わないとだめですよ」

「貴様に何がわかるというのだ」

みかげはいきりたった。猫のままだったらしっぽが太くなっていただろう。

「突然やって来て、あいつに気に入られて、そばにいる貴様に、何がわかるというのだ……！　我は、我は、……」

怒っていると思ったら、みかげは涙を流し始めた。思わぬ反応に、孝志は焦った。

目の前で誰かが泣いている。みかげは人間の姿のままだった。自分のせいだ。

「ねえ……」

孝志が近づいても、みかげは、はらはらと涙を流している。

きれいな男は、はらはらと涙を流している。

「もしかして、みかげさんはお兄さんが好きなの？」

「好きだと？　ばかを言うな。我が名も正しく呼べないのに？」

みかげは涙をこぼしながら顔を歪めた。わらっている。自嘲のようだった。

「我が主人は、術使いになるのを諦めた。我を式神として使うのが不憫だからと言った。我に、ただ猫でいればいいと言ってくれた。……我は主人の役に立ちたかったが、そばにいるだけでいいと言われたから、それを役目と思い、ずっとそばにいた。我が主人は妻を娶《めと》って娘が生まれても、我をいちばん近くに置いてくれた。妻も娘もそんな我を疎んだが、我は何もつらくなかった。主人がいればよかった。……だが」

そこでみかげはしゃくり上げた。孝志はそれ以上近づかず、黙って彼を見つめた。

「娘が、子を産んだとき、……その子が、我を見て、笑ったのだ。歩けるようになると、我についてまわった。……その子の父が、言った。この子は我を好いていると。だから我は……我は……主人の次に、その子を守ろうと思ったのだ」

みかげは手袋をはめた拳で目もとを拭った。「かわゆき子であった。母を呼ぶために泣いていても、我が行くとおさまった。幼いためか、我をみかげと呼べなかった。それでもよかった。……しかしヒトは、幼いころのことなど忘れてしまう。我に邪慳《じゃけん》にするようになったが、それでも我はあの子を守ると決めたのだ。我とゆびきりをしてくれたのだから」

「ゆびきり……」

孝志はぎょっとした。

あやかしが、人間と添い遂《と》げる誓約をするとき、ゆびきりをするというのは孝志も聞いたことがあった。契りを結べば、命が繋がれる。どちらが死んでも、のこされた片割れも死ぬ。死んだあとも一緒にいるという約束だという。

「みかげさんはお兄さんと……」

「孝志くん？」

孝志が言い終えるより先に、門から進次郎が出てきた。

みかげはそのまま逃げ出そうとした。だが、孝志はこれまでの人生でも最大の敏捷さを発揮して、みかげに跳びついた。

「はなせ！」

みかげは叫んだ。

「孝志くん……？」

進次郎は呆気に取られている。

「お兄さん！　みかげさんですよ」

みかげは孝志より背が高かったが、細かった。後ろからはがいじめにすると、進次郎が近づいてくる。

「……おい」

進次郎は怖い顔をしてみかげを見た。孝志の腕の中でじたばたしていたみかげは、その視線から逃れるようにそっぽを向いた。

みかげの姿は人間のままだった。自分がこんなに近づいてさわっても変化が解けないのは、少なくとも今のみかげが自分にとってよろしくないものではないからだ、と孝志は気づいた。

「おまえ、今までどうしてたんだ」

進次郎は怒ったような顔をしながらも、みかげにそう問いかけた。

「どうしてた、だと。そのようなこと、気にも留めていなかっただろうに！　よくも言えたものだ！」

ゆびきりをしたと言ったからには、それが事実ならば、みかげは進次郎を害することはできない。それは自殺も同然だ。だから孝志は危ぶみはしなかった。

「みかげさん。ちゃんと言ってください。お兄さんに、……でないと僕が言いますよ。それでもいいんですか？」

「脅すのか、貴様ッ」

みかげは首をねじって孝志を睨みつけた。美しい顔が涙で汚れている。

「脅すも何も。みかげさんはお兄さんに怒っているなら、その理由をちゃんと話すべきだし、お兄さんがそれを悪いと思ったら、謝るべきだと思うんですよ」

「……おまえ、俺に怒ってるの？」

進次郎は怪訝そうな顔をした。「じいさんに反抗してぐれてたから？　それを謝ればいいのか？　それは俺だってさすがに、今は申しわけないと思ってるんだぞ。土下座はさすがにしたくないけど」

「そうではない！」

みかげは暴れるのをやめた。

孝志は、みかげがもう逃げる気はないのだとわかって、腕を放した。みかげはうなだれる。

「そうではない……貴様は我に言ったことを憶えておらぬではないか……」

「俺が、おまえに何を言ったんだ」

進次郎は困った顔になった。それもそうだろう。みかげはまた、はらはらと涙を流していた。

「我が阿呆だったのだ。ヒトは幼きころのだいじなことも忘れてしまう」

「あやかしは、忘れないんですか？」

孝志はちょっと気になって尋ねた。

「あのようなことは忘れぬ……」

「俺、おまえになんかしたの？」

進次郎は心配そうな顔をした。このひとはお人好しだなと孝志は思った。自分を呪った相手が泣いているからといって、それで溜飲を下げたりしないのだ。

「僕が言ってもいいなら言いますけど」

「孝志くん、君、知っているのか」

進次郎が焦ったような顔をする。「俺がしたことなんて……こたつで寝てたからこたつをかたづけたりとか、布団に入ってくるから部屋から追い出したくらいだぞ。それだって、……俺が小学生のときだ。いつの間にかそばに寄ってこなくなった」

「貴様が邪慳にするから、近づかないようにしただけだ……」

ぐすっ、とみかげは鼻を鳴らした。「我が主人は言っていた。反抗期だからしかたない、と。だから、……歳月が過ぎれば、以前のように、我を、……撫でてくれると思っていた」

「撫でてほしいのかよ」

言うなり、進次郎はみかげの頭に手を置いて、雑に撫でた。「よしよし」

「貴様は意味をわかっていない」

力なく言うと、みかげは顔を擦った。「それに、その程度では我の呪いは解けぬ」

「あの結晶ガチャをしないとだめなんだろ」

「……そうだ。あれでアタリが出ない限りは」

「なんでおまえ、俺にあんな……猫になる呪いをかけたんだ？」

進次郎は手をみかげの頭に置いたまま尋ねた。

ぐっ、とみかげが息をのむ。

「あれは、……呪いをかけるつもりは、なかった」

みかげは、途切れ途切れに語った。「額を、当てただろう」

「当てたっていうか、頭突きされたな」

「あれは、……貴様が、我とのあいだにあったことを思い出さぬかと思って、したことだ」

「あんなので思い出すのか？」

「そういう話を聞いたことがあった……」

みかげはぐすっと鼻を鳴らした。「だが、あのとき、貴様が我と同じ猫になれば、我とのことを思い出してくれるのではないかとも思ったのだ。決して、猫になればいいと強く念じたわけではない」

つまり、進次郎に猫になる呪いがかかったのは、偶然の産物だったのだろう。

「そうは言うけどおまえ、俺が猫になったときに近くにいたことないじゃん」

進次郎は、頭にやった手で、みかげをぐいと上向かせた。みかげは涙で濡れた顔を隠そうともせず、潤んだ黒い瞳でじっと進次郎を見つめている。

「何を話したいんだ？　俺は、おまえに何をしたんだ」

進次郎が顔を覗き込むようにして問うと、みかげは目をぎゅっと閉じた。

さすがに孝志はもう黙ることにした。ぽっと出の弟が何か言えるはずもない。もはやふたりの話だ。

「……約束したこと」

やがて、みかげは声を絞り出した。

「約束？」

「ずっと一緒にいると言った……」

そっとあけたみかげの目から、また新しい涙が流れて落ちた。

進次郎はそれをじっと見ている。

「ずっと、一緒に……」

「ゆびきりをしたんだ。――おれと、おまえは」

　みかげはそう言うなり、ふっと姿を変えた。

　足もとで黒猫が鳴く。

　進次郎はそれを抱き上げた。


　店に戻って、まだ早いが閉店にすることとなった。

　閉店の始末をあれこれしながら、孝志は、女の子をちゃんと送ってきたことと、彼女を捜していた母親に人さらいと間違われたらしいことを報告した。

「まあ、そうなるわな」

　進次郎は黒猫を抱いたまま、笑っている。片手で黒猫を抱いて、もう一方の手でモップを使っているので、器用だなと孝志は思った。

「でも、すぐにあの子が説明してくれたので助かりました」

「賢そうな子だったよなぁ。女の子ってなんであんなに理路整然としゃべれるんだ。歯が生え替わってたから、十歳くらいだと思うが。俺なんか十歳でもあんなふうにしゃべれなかったぞ。自分が何をどうしたいのか、母親にもじいさんにもうまく言えなかったな……」

モップをかたづけながら、進次郎はそう言った。空いた手で黒猫を撫でる。首もとだけ白い黒猫は、進次郎の腕の中でかすかに鳴いた。

「みかげさんは、お兄さんを大好きみたいですね」

「……それで呪うとか、意地悪すぎるだろ」

「でも、お兄さんも好きな女の子に馬鹿と言っちゃったり、したんですよね」

「……似たもの同士ってことか?」

そう言いながら、進次郎はソファ席に座った。

猫店員はもう一匹もいない。閉店だ、と進次郎が声をかけて店の扉をあけたあと、いつものようにのそのそと店を出て行った。

「おまえが俺を好きだったとはねえ……嫌われてると思ってたぜ」

そう言いながら進次郎は、膝に黒猫を座らせると、やさしい手つきで撫でた。

「みかげさん、ゆびきりしたと言ってたじゃないですか。お兄さんはそのこと、憶えてないんですか?」

孝志はその傍らに立って、兄と黒猫を見おろした。黒猫はもの言いたげな顔で孝志を見上げる。

「言われてみりゃ、そんなことあったような気がするな。思い出したっていうか……

夢だと思ってたな」

　進次郎は苦笑した。「子どものころ、たまに、黒尽くめのやつが俺と遊んでくれて。それこそ幼稚園に行く前くらいだったと思うんだが……店がそこそこ繁盛してた時期だったから、母親も親父も駆り出されてて、近くの同年代の子も保育園に行ってて、遊び相手がいなかったんだよな。だからその黒尽くめに、ずっと一緒にいて遊んでくれって頼んだら、自分はじいさんのものだからできないって言われて、俺は泣いたんだよ。ああ、……だから俺、じいさんのこと、いつからか、あんまり好きじゃなくなったんだな。父さんを追い出したと思ってたのもあるが……」

　当人も薄れた記憶の中のできごとで心情が左右されていたというわけだ。なんとも言えず、孝志は黙っていた。

「そんで、ゆびきりしてくれたらずっと一緒にいられるって言われて、ゆびきりしたんだ」

「それって、あやかしと術者が、死んだあとも一緒にいるって約束するときにやるんですよ」

「なんだって？」

　ぎょっとしたように進次郎は孝志を見上げた。

「お兄さんは術者にはなれないと思いますけど、それで約束されたから、たぶん死んだあとも一緒にいられると思います。長生きしてくださいね。お兄さんが死ぬとみかげさんも死にます。みかげさんが死んでもお兄さんが死にますから」

「えっ……」

進次郎はまじまじと孝志を見る。

「まあでも、それは術者の場合なので、お兄さんがどうなるかは謎です」

「びっくりした。脅かすなよ」

「脅かしてませんよ。ほんとの話です。それに、みかげさんがお兄さんのことを好きで一緒にいても、かかった呪いは解けないみたいなのがやっかいですね。たぶんですけど、無意識でかけた呪いだから、解く方法はないんだと思います」

「じゃあ結晶ガチャは無駄だってことか？」

『そうではない』

黒猫がしゃべったので、進次郎は跳び上がりそうになっていた。

「おまえ、……そうか、しゃべれたな……」

進次郎は溜息をついた。

『我は無意識で貴様に呪いをかけてしまった。それを解くにはどうしたらいいか、いろいろと調べた。この家にある祠や、我が主人のことなども考慮して、あらゆる文献から似た事例を探し、そして見つけたのがあの方法だ』

「やっぱりアタリが出ないとだめなのか？」

『そうだ。……すまない』

みかげが謝ったので、孝志は驚いた。しかし進次郎はもっと驚いているようだ。

「おまえが素直だと驚くわ」

『貴様の弟が、意地を張っても無駄だと教えてくれたのだ』

「僕そんなこと言いました？」

『言ってはいないが、我にそう学ばせた』

黒猫の表情はひどく無防備だった。『貴様はまさしく魔除けよ。我のいやな思いが、会うたびに薄れていった。恨みや、憎しみが。……貴様のような存在は稀有だ』

「そうは言っても……僕はこれで、困ることもあるんですけどね」

みかげが素直なので、孝志も正直になることにした。

これで進次郎に忌《い》まれても仕方がない。いつか話さなければいけなくなるかもしれないなら、そのときはきっと何か起きたあとだろう。だから今のうちにと考えたのだ。

「僕が嫌いになった相手はみんなひどい目に遭うから、なんだか申しわけなくて」

膝の上の黒猫を眺めていた進次郎が、再び孝志を見上げた。

「何言ってんだ」

真顔である。

孝志はその反応に驚いた。

「君、意外と中二病だな」

「え……えええ……」

孝志はそう言うのがやっとだった。

「そんなたいそうなこと、一個人にできるわけがないだろう」

「えっ……その、僕がいやだなと思った同級生が階段から落ちたり……交通事故に遭ったり……」

「そりゃ偶然だろう。どうやって君がやるんだ」

あまりにも単純に返されて、孝志は泣きたい気持ちになった。

自分は魔除けで、いやだと思った相手が排除されると、孝志は思っていた。そして、実際にそうだった。

だけど、進次郎はそんなはずはないと言う。

「まあたとえそうだとしても、気にするな。君がいやだと思う相手ってのは、よっぽどいやな相手なんじゃないか。だったら、因果応報だ。俺にはそう思えるぞ」

「ええっと……そうだったらいいんですけど……」

言葉を重ねられると、進次郎の考えが正しいような気がしてくる。

「だいたいだな、この世で交通事故も階段から落ちるのも、いくらでも起きてる。その全員を、君がいやだなと思ったわけでもないだろう？」

「それは、そうですけど……」

「まあ、そう思っていてもなんの害もないがな」

ははっ、と進次郎は笑った。

「だったら、僕、まだここにいてもいいんですか？」

孝志が問うと、進次郎は戸惑った顔をした。

「何言ってるんだ。ここは君の家《うち》だろう」

進次郎の言葉に、孝志は胸の奥が熱くなるのを感じた。

このひとが僕の兄でよかった。

お父さんの言ったとおりだった。やさしいひとだ。

「……ミケの次は君か。泣きたいなら好きなだけ泣くといい」

進次郎は腕をのばすと、うなだれた孝志の頭を、猫にするように撫でた。

僕が猫になれたらいいのにと孝志は思う。そうしたら、進次郎は、いつもこの手で撫でてくれるだろう。

『ミケではない。みかげ、だ』

みかげが怒ったように訂正する。

「なんでみかげなんだ？」

『首のところだけ白いのが、三日月のようだからと』

「へえ。じいさんが？」

『そうだ』

「だったら俺はミケって呼ぶぜ。なんか特別っぽくていいだろ？　どうせ死んだあとまで一緒なら、そのときにはみかげって呼んでやる」

進次郎はみかげに向かってそう言う。みかげは不服そうな顔だったが、黙った。きっと特別だと言われてうれしいのだろう。このひとはお人好しだが、誑《たら》しだな、と孝志は思った。悪気ない言葉で相手を翻弄する。

ろくでもないと自分で言うが、まったくそのとおりだ。

「お兄さんは本当に、たちがわるいですね……」

孝志は涙を拭うと、笑ってそう言った。

こうして真夜中の猫茶房「みかげ庵」には、常駐の猫店員が誕生した。

本書は書き下ろしです。
この物語はフィクションです。
実際の人物・団体等とは一切関係ありません。

ポルタ文庫

真夜中《まよなか》あやかし猫茶房《ねこさぼう》

2019年10月25日　初版発行

著者　椎名蓮月

発行者　宮田一登志
発行所　株式会社新紀元社
〒101-0054
東京都千代田区神田錦町1-7　錦町一丁目ビル2F
TEL：03-3219-0921　FAX：03-3219-0922
http://www.shinkigensha.co.jp/
郵便振替　00110-4-27618

カバーイラスト　冬臣
DTP　株式会社明昌堂
印刷・製本　株式会社リーブルテック

ISBN978-4-7753-1771-6